阳光文库

村事

王雪怡 —— 著

黄河出版传媒集团
阳光出版社

图书在版编目（CIP）数据

村事 / 王雪怡著. -- 银川 : 阳光出版社, 2019.11
（阳光文库）
ISBN 978-7-5525-5127-3

Ⅰ.①村… Ⅱ.①王… Ⅲ.①中篇小说－小说集－中
国－当代②短篇小说－小说集－中国－当代 Ⅳ.
①I247.7

中国版本图书馆CIP数据核字(2019)第250774号

村事

王雪怡 著

责任编辑　林　薇　申　佳
封面设计　晨　皓
责任印制　岳建宁

黄河出版传媒集团
阳 光 出 版 社　出版发行

出 版 人　薛文斌
地　　址　宁夏银川市北京东路139号出版大厦（750001）
网　　址　http://www.ygchbs.com
网上书店　http://shop129132959.taobao.com
电子信箱　yangguangchubanshe@163.com
邮购电话　0951-5014139
经　　销　全国新华书店
印刷装订　宁夏凤鸣彩印广告有限公司
印刷委托书号　（宁）0015590

开　　本　720mm×980mm　1/16
印　　张　11.5
字　　数　130千字
版　　次　2019年11月第1版
印　　次　2019年11月第1次印刷
书　　号　ISBN 978-7-5525-5127-3
定　　价　36.00元

人生六十年

——记我的哥哥王雪怡

雪怡哥哥，一位只在这个世界上用眼睛流浪了六十年的男人。六十年的人生，短暂而仓促；六十年的人生，历尽磨难而不屈不挠；六十年的人生，见证了时代和家庭的变化；六十年的人生，打磨了哥哥笃定而恬然的内心；人生六十年，身离去，文章短长任人评。

一、缺衣少食的童年

雪怡哥哥出生在我们国家最困难、百姓最迷茫的二十世纪六十年代，更是在我们的家庭最寒酸、最贫穷的年月里。

那时候的西北农村尚处于老百姓吃大锅饭、挣工分的时代，像我们家这种"地富"家庭，家人的处境是可想而知的。终日吃糠咽菜的伙食，让全家人度日如年，而作为牙牙学语的孩子，也是饥肠辘辘，衣不遮体。

常听雪怡哥哥说，他都年纪很大了，还整天和一帮村里的伙伴光着屁股满村子跑。幸好在那个年代，同龄的男孩女孩几乎都是这样的境况，所以这些都见多不怪了。怎奈雪怡哥哥自小身子瘦弱，感冒发烧是家常便饭，整天咳嗽，野菜清汤的饭总是吐出来。后来听母亲不止一次的念叨："你大哥啊，这辈子就是来受罪的，小时候和别的孩子抢牛粪，将一只脚掉进黄鼠洞里折断脚踝；和小孩子玩耍，无故弄断胳膊；常年咳嗽拉肚子，闹感冒更是再平常不过了。"然而，就是在那样的年代里、在那样的环境下、在那样的家庭条件下，我的父母却依然坚持让雪怡哥哥和人家成分好、条件好的孩子一样上学，并坚信娃娃只有上学才能有出路。

二、历经厄难的少年

当改革开放的春风从祖国的南边慢慢吹到大西北的时候，十九岁的雪怡哥哥赶上了一九七八年的高考。然而，在那种每天只上半天课，主要以劳动为主的教学制度下，学生们的文化课基础，可谓薄弱到一定地步，其结果也就理所当然了。"皇榜"下来后，雪怡哥哥仅以两分的差距，被梦想中的大学关在了门外。高考失利成为了哥哥一生无法弥补的遗憾，就在当时而言，这原本没什么，大不了再好好复习一年，来年一定没问题的。当时的雪怡哥哥才十九岁而已，正值风华正茂，留有青山在，有何惧焉？然而，命运对雪怡哥哥，对这个家庭总是在开玩笑，这只是拉开一个小小的序幕。

一九七八年暑假，高考失利的雪怡哥哥被村委大队派去邻村做"苦力"赚取工分。在邻村水利工程的工地上，推着架子车运土，在这几乎毫无报酬的义务劳动中，雪怡哥哥被突然从头顶掉下来的巨大土方重重地压在了下面……瞬间，雪怡哥哥的眼前一片黑暗。与之同时，我们的家庭，父母的生活，全部跟着雪怡哥哥一起，走进了漫漫黑暗中。从黄土中刨出的雪怡哥哥，最终诊断全身多处粉碎性骨折，生命奄奄一息。穷困无路的农民家庭，面对如此天塌地陷般的遭遇，漫漫求医路，唯有以泪、以痛、以爱辅之……

经历九死一生，百般疼痛折磨之后的雪怡哥哥，终于留住了年轻的生命，却从此永远失去了用年轻、充满激情的双腿去丈量世界的自由。如同一只跃跃欲试，想要探索世界的狮子，被强行关进了铁笼，摁住了头颅。而这一关，就是整整四十个春秋。

三、匍匐炕头的中年

经历厄难之后的雪怡哥哥就那么趴在炕上，整整熬了十年才能勉强坐起身子。而在这十年中，陪伴雪怡哥哥的除了家人、病痛之外，就是家里墙壁炕头上贴着的破报纸和仅有的几页烂书。按照雪怡哥哥自己的话讲，由于条件所限，在想读书却没书可读的情况下，家里所有有文字的东西，都是他阅读的对象。诸如《三国演义》《水浒传》《西游记》、黄历、《周易》烂报纸，甚至一些已经泛黄的老中医书，都被雪怡哥哥翻看了几百遍。也许正是那些年的"穷书"博览，自我记事起，印象中的雪怡哥哥，几乎无所不知、无所不会，上至历史怪诞，下至占卜阴阳，唐诗宋词，随口引经据典，样样信手拈来，且每一样都能从他嘴里说出一些道道来。正因如此，雪怡哥哥成了村里很多年轻人的崇拜对象、老年人倾诉的最好听众。好像这样一个连自己都走不出家门口的人，却可以普度他们的苦难。这一点，首先得益于雪怡哥哥本身具有的亲和力以及无代沟感，其次最该感谢的是他这些年读过的那些杂七杂八的书籍。

常言道："常在河边走，焉能不湿鞋。"这句话用在这里似乎有点别扭，但也无可厚非。一九八七年刚刚能在炕上坐稳的雪怡哥哥，用半截铅笔头开始了自己的写作生活，他的稿纸，是弟弟们用剩的作文本的背面。而这一写，又是近十年的坚持。

这十年的时间里，雪怡哥哥的小说、散文陆陆续续地见于各种报纸和杂志上。与之伴随的，是因长期趴着写作所带来的身体上的疼痛，这使他常常彻夜难眠。也许，正如雪怡哥哥所说的那样，文学和写作，在他的心里，就像是一位农民的庄稼，能够支撑并滋养他空寂的心灵。因此，再多的病痛和折磨，都不足以让他将之丢弃，反而越握越紧，历经苦痛的雪怡哥哥在近十年的时间里，趴在炕头，用笔写下了包括小说、散文、报告文学等近二十万字的文学作品，并陆续刊发于省内各个文学刊物并获奖。在此期间，哥哥和身边一些志同道合的文学爱好者，一起创立了我们县第一份纯文学刊物《葫芦河》文学杂志。这些在常人都看似难以做到的成绩，让雪怡哥哥重新找到了生活的意义所在。记得高中的时候偶尔读到某报纸上一篇有人发表的"寻找雪怡"的作品，上面写道"读雪怡的作品，犹如双手捧起一把温湿的黄土放在鼻子边嗅的味道，醇厚而朴实……"不过我觉得与其说雪怡哥哥的作品朴实醇厚，不如说是雪怡哥哥的做人，原本就正如他作品那样温厚而淳朴，所谓人如其文，文如其人。正如雪怡哥哥所说的那样，文学与写作给了他生活的曙光和方向，但这并不是他生活的全部及目的，文学是他自己耕种的庄稼，一个个落在纸上的文字，就是茁壮成长的种子。不同的是他不依靠文学的这些粮食作为营生，而仅仅是一种精神的寄托，也许正因如此纯粹的目的，雪怡哥哥笔下的文字，总是生长得那么平静而饱满。

四、变身"保姆"的十年

雪怡哥哥趴在炕头的写作持续了十年。一九九七年，我们的第一个侄儿随着全家人的期待而呱呱坠地。举家欢庆之余，面对家里几十亩需要打理的庄稼，面对已年逾花甲的父母，雪怡哥哥便"毛遂自荐"，作为家里唯一不能下地干活的人，义无反顾地接过了带孩子的重任。让一个从未带过小孩儿、一个半身不遂的大男人来带一个婴儿，其不易可想而知。从那时开始，雪怡哥哥炕头上那些平时写作用的笔纸，换成了一大堆给孩子擦屁股的烂报纸和小玩具。这种状态的持续，又是整整十年。十年的时间里，三个侄辈在他用胸口匍匐在炕头的照顾与陪伴下，一天天长大，直到小侄女可以满院子奔跑，雪怡哥哥的这项重任才算告一段落了。不止一次让我亲眼目睹了满手、满身沾满孩子口水、鼻涕、甚至大小便的雪怡哥哥，那种狼狈滑稽状态下的雪怡哥哥，成了后来我们调侃玩笑的好素材。不过，每当我们用这样的素材"嘲笑"雪怡哥哥的时候，他都是一脸的不屑一顾，反而总是冲着大家乐呵呵地笑着，甚至还颇有几分自豪溢于言表。照顾黄口婴儿，本就不是简单的事情，老话讲媳妇都能熬成婆，更何况是一个只能用上半身在炕上来去挪动的老爷们呢？所以，我们玩笑的成分只是表，而每每提及，对哥哥的佩服和感激才是里。与其说哥哥感觉自豪，不如说家人们深觉不易和内心的感激。农村人不善煽情地表达，只能以这种略带玩笑的方式，一次次地提及以表感激。

二〇一一年往后的日子，孩子们陆续走进了县城中小学。又一次面对农忙不可弃，孩子学业不可轻视的尴尬状况，雪怡哥哥再一次"毛遂自荐"，以一个陪读家长的身份住进了县城的小屋子里，陪他一手带大的三个孩子。哥哥十九岁遭遇厄难，自此便由母亲以及后来的三嫂在身边伺候衣食，初进县城的第一道坎儿，便是如何坐在轮椅上拧巴着身子去把饭煮熟，还要尽量让孩子们吃得可口，赶得及时。一次次摸索，雪怡哥哥终于慢慢地尝试并学会了坐在轮椅上给孩子们做饭，让孩子们能在放学回来后，马上能吃到热乎乎的面条。孩子们上学后，雪怡哥哥便打理家里的杂务甚至收拾屋子，擦抹洗涮，俨然一个合格的陪读"奶奶"。在近十多年的时间里，哥哥用自己残疾的身体，照顾三个孩子的成长，辅导他们的学业，教育他们做人。而这一切却是很多常人都很难做到，甚至做好的。

五、重拾笔头的十年

在县城陪读的那些日子，看着孩子们返校后，收拾完家里的杂务，雪怡哥哥用剩余的时间学会了趴在床头用电脑敲字，并注册了网易博客。从此开始，雪怡哥哥的博客成为我博客里特别关注好友。雪怡哥哥的博客更新的并不多，然而每次更新后，下面总会有很多留言，对每一条留言，雪怡哥哥都认真地给予回复。有时，我给雪怡哥哥说，网上的东西别太认真。但他不听。事实正如雪怡哥哥所言，网络和博客，让他的世界打开了一扇大窗，窗外阳光明媚，窗外友人云集。当年博客最火的时候，得益于网上一些热爱文学的前辈和晚辈的鼓励和支持。雪怡哥哥终于再一次慢慢捡起他丢下十多年的写作。他的文字依旧那么淳朴，依旧饱含黄土的味道，唯一不一样的是不再用烂笔头写作，而是以博客发表的方式，隔三差五的更新文章。之后陆续有多篇小说、散文在多家文学期刊公开发表。网络时代对于写作的人来说，除了稿费还是那么少之外，最大的好处便是作品能更快、更直接、更多地看到读者的反馈，这是对每一个写作的人来讲最大的慰藉。所谓精神食粮，此一点，善莫大焉。

同时，二〇一一年，我的家乡获得中国首个文学之乡的称号。雪怡哥哥作为这个文学之乡中"元老"级别的作家，以及他本身身体的特殊情况，少不了被蜂拥而来的全国各地的记者围堵和曝光。于是，在近一年多时间里，关于雪怡哥哥的报导频频出现在网络和电视节目中。而面对每一次采访，雪怡哥哥都认真热情地接待，讲述家乡早期文学的起步和自己创作的经历，尽力而为与之配合。每次配合完相关采访后，雪怡哥哥都精疲力竭，需要休息几天才能恢复。雪怡哥哥说："我一生不求以文学来生存，更不奢望以文字扬天下，我所有的配合报导，仅仅是作为一个本土老作家，为家乡的荣誉做些正面的、积极的宣传。这也是自己唯一能做到的努力。"

文学之乡的热潮，三五年后慢慢散去，雪怡哥哥终于恢复了他平日的清净。将两个自己看着长大的侄儿送进了大学校门，将最小更是最疼的侄女交给了父母，他又回到了那个安静的小村子，回归终日静谧祥和的生活。

六、恬然清净的"晚年"

重新回到村子里的雪怡哥哥，每日在风轻云淡的午后，便坐在门口的打麦场边，一个人静静地听风吹杨树叶，看花开杏子熟，偶尔会随手拍两段鸟儿啄菜的视频，或者拍家乡白云蓝天的照片，转手发到我们家庭的群里。引得我们这些浪迹四海的游子们一阵思乡心切，祈求哥哥多拍点发过来，以便我们一饱眼福。每每此时，哥哥都会"耍赖"般的回复："发个红包再说吧，哪有免费的午餐呢！"回家之后的哥哥很少再去写作，我总是跟他说应该将我们家庭这几十年的变化写出来，留给我们的后辈们去看，他总是幽默地说已经"封笔"了。也许是身体所限、也许是兴致所致，之后的雪怡哥哥话少，字更少。平日里，看到最多的是他一个人安静地看着村子对面的山头，或者翻看手机微信里的朋友圈，偶尔听到自己喜欢的歌曲，会一遍遍地听，低声地跟着哼几声，似乎世事与他无干，似乎文学不再与他有过任何关系。已经年近花甲的雪怡哥哥，曾经在我记忆中的满头黑发被霜花染白，受多年的黄斑眼底病变影响，从雪怡哥哥的眼神里看不到任何的俗世奢求，变得安静和深沉，好似秋日午后的山村一般，深邃而平静。如果说人生是一种修行，"打坐"四十载足以看透尘世与众生；如果说生命是一趟单程的旅行，凭着双腿去跋涉的常人，也许永远无法丈量雪怡哥哥用心灵走出的距离。而雪怡哥哥说："今天的一切，我很满足了，宁静安详的村子最适合缥缈放空的思绪……"

周末或者工作闲暇之余，我总是喜欢和雪怡哥哥用微信漫无边际地闲聊。向哥哥打听村里的新闻，听哥哥讲讲他的某一篇作品的由来。我与雪怡哥哥的聊天是毫无芥蒂，毫无代沟的。我虽上有四位兄长，却唯独最喜欢与雪怡哥哥闲聊，在他那里我没有压力、没有顾忌，相反总是能得到动力和莫名其妙地放松。雪怡哥哥偶尔会说："我感觉好像已是日暮垂垂，去之不远啊。"每每听闻，我都会略带不快地回复："怎么会，我不觉得啊，我一直感觉你是三十岁那时候的风华正茂，大背头，油光可鉴。"虽然这些话中夹杂玩笑的成分，其实是我真实的心理感受。或者说，我内心里无法接受哥哥已是一位年近花甲的老人，就如子女总是不想把自己的父母纳入老年人行列一样的情感。最后这几年的哥哥，变得异常恬然、异常安静，偶尔间的聊天，他总会给我讲很多看似"俗不可耐"的话语。比如哥哥说过："人，日图三餐，夜图一眠，看开了，人生就简单得和一杯白水一样。有时候轻飘高贵得可以是云；有时候冷艳冰凉得可以是雪；有时候平静死寂得才现真身……"是啊，我们都在平日的生活中过多地去追求和奔跑了，却一直在忽视着本该已经拥有的平淡美好。人生不过几十年，与浩瀚的宇宙相比，我们一生犹如闪电一般短暂。可惜的是，又有多少人能有闪电一样的耀眼，既然不能如闪电一样的耀眼，那就尽情地在属于自己的清净美好中，去感受属于自己的美丽，过去后就不再会拥有了。

进入"迟暮"之年的雪怡哥哥变得话少了。不论是一个人的午后，还是亲朋齐聚的傍晚，哥哥大部分时间只是静静地听着家人们谈笑而自己静静地报以微笑。其余的时间，他会抱着自己的手机，看文友群里的信息，听老友们发来的语音，时不时淡淡一笑，附和几句。看到更多的只是一种出奇的平静，像无风的湖面，如深夜的月亮，好像世事与他无关，好像红尘与他不相干。

七、安谧恬然的"百年"

二〇一九年的春节，是雪怡哥哥人生中最后一个春节，也是我与哥哥一起度过的最后一个节日。近些年我无论怎么样，在春节的时候，都要携妻带女千里回故乡。曾有朋友打趣地问我，你这么远跑回去干吗，大西北又那么冷，在家待三五天，图啥呢，等到夏天请假回去不也一样吗？我很直白地告诉朋友，自己常年在外，能与家人团聚的日子太少。双亲年事已高，我即便年年都回去，谁知道我能陪他们过几个年呢？所以我每年的春节一定要回家陪陪他们，或者准确讲，是陪陪我的灵魂。让我万万没想到的是，二〇一九年的这个春节，会是我与雪怡哥哥度过的最后一个春节。至今想来，最让我后悔的事情，是年后临别前，我唯一这一次没有与哥哥握手言别。多年来，我临走之前，都会跑去哥哥跟前，与哥哥握个手，说句："哥，我走了，你好好的……"似乎是这些年以来的一种默契或者仪式，唯独这最后一个临别，我没有这样做。那日一早，三嫂煮了羊肉，担心孩子太闹，我们端去了哥哥屋子对面的上房里吃。饭后匆匆收拾行李，连放在哥哥屋子里的一杯茶都没顾上去喝。待一切收拾妥当，时间已经紧张了，我匆匆提着背包，走进哥哥的屋子里，端起桌上凉温的茶水喝了几口。哥哥端坐在炕上，满脸含笑地看着我，我也扭头笑着看了看哥哥。然后说："那哥哥，我们就走了啊，你保重身体。"便带着笑出门上车了。我不知道为什么唯独这一次，我没有去握哥哥的手，而哥哥也没有主动要摸摸我手的意思，就这么转身了。我上车打火倒车，哥哥透过窗子，看着我慢慢开走车子。后来我偶尔会想，一贯以来我与哥哥都握手言别的，唯独这次没有，是不是有点说不清道不明的深意呢？这件事，我会记一辈子的。

年后月余的三月初，我从母亲的电话中得知雪怡哥哥感冒发烧了。随即打电话给哥哥，他在电话那头却语气清亮地说："没啥，都好了……"

一周后，三哥发来微信："弟弟们，大哥身体情况不好，已住院。"正带着女儿玩耍的我，给哥哥打过去了视频电话，无人接听。一日后，哥哥亲自回复了我："我的手机你三哥带着，才看到，好着呢。"这是哥哥微信上给我的最后一条讯息。

三日后，三哥微信再次告知，哥哥情况不好，大家能回就回。

那日夜里，我通宵未眠。翌日清晨四点，单位司机师傅开车送我到了虹桥机场，中午十二点飞机终于在银川机场降落，看着下午四点多才能从银川飞往固原的航班，我心急如焚。随即冲出机场，打车赶往银川汽车站，幸好赶上了当天银川发老家县城的最后一班大巴。一路上，家人一次次发信息问我到哪里了？而四哥的信息："现在就只等你了！"让坐在大巴靠窗的我，望着窗外两侧灰暗无人的沙漠，瞬间泪如泉涌，也第一次预感到，我可能要与哥哥永别了。

夜间近九点，车子终于到了家门口。打开车门，早有几个侄儿侄女站在车前。家门口前后，路灯刺眼，却安静异常。我将包塞给侄儿，带着异常紧张的心，冲进了哥哥的屋子。屋子里沙发上坐着村里的人，炕上坐着哥哥姐姐，大家都安静地陪着躺在炕上的雪怡哥哥，出奇的安静。看我进来，一阵躁动。我三步两步扑到了哥哥的炕头，一手拉起哥哥的手，一手抚在哥哥额头。看着哥哥毫无反应的目光、听着哥哥急促的呼吸，哽咽让我只字难言，就那样盯着哥哥的脸。彼此的安静，整个屋子的安静，都在三五秒后被我的哭声打破，一声："大哥，我回来了……"让我涕泪横流，而弥留之际的哥哥，却几乎在我流下眼泪的同时，一大滴眼泪从他的右边眼角流出，一直滑到了他的耳根边。旁边的四哥一边安慰着我，一边说："看，大哥知道，大哥都知道。"

雪怡哥哥等着"看"到了他所有的亲人、所有疼爱的孩子后，在农历三月十七日的下午两点半，安安静静地走了。走得那么平静，走得那么安然，像极了当时那轮三月里午后的日头，静谧而悄然。满屋的人们忙乱着进进出出，为哥哥收拾"行装"。而我，则远远地站在屋子的角落里，孤独而茫然，任凭不争气的眼泪顺着脸颊流到了脚面。

整个午后，夜晚，翌日前来祭奠的村民、亲戚、哥哥曾经的文友、同学，一拨拨站满了门前屋后，亲友送来的花圈，将门前的两侧，装点得五颜六色，使得本该暗淡的夜晚，似乎开满了鲜花。

次日上午九点，随着一串炮声，哥哥入土为安。孩子们连夜"印制"的冥币堆成了小山，燃烧的几十个花圈，将火焰和浓烟笼罩了整个坟地。跪在哥哥的坟头前，我在心里无数次地念叨："哥，走吧，走吧，从此再无病痛，从此再无牵念，一切吉祥如意，万般皆已了然。"送完哥哥的午后，我一个人蹲在没有人的屋后，把在人前憋住的全部眼泪，一滴不剩地掉在了脚下的黄土上……

半月之前，还在电话和微信中与哥哥聊天打哈，不料诀别来得如此仓促、如此匆匆。再见面，该是来生。如若有灵，哥哥是否还会记得这个脆弱的小弟？是否还记得这个爱哭的孩子？只是此生，再无人夸奖我的文字；此生，再无大哥目送我"浪迹江湖"的背影。我的写作始于哥哥的谬赞，哥哥的赞扬，是我至今写出二十万字的唯一动力。而今哥哥走了，我的文字变得索然无味，写作似乎戛然而止。我浪迹江湖的身后，再也没有大哥百般的赞叹和期许，而这篇絮絮叨叨的流水账，骗去我三五成行的眼泪，几度不得不放弃笔头，躲在无人的楼道里抹泪。

雪怡哥哥是一位异于常人的常人，不普通但不能再普通的作家。雪怡哥哥自己常常说，他是一个农民，可是我觉得雪怡哥哥是个真正的作家。在文学圈里，人们称雪怡哥哥为"农民作家"，多么随意地称呼啊！然而不论何时，不论相距多远，雪怡哥哥在我的心里，永远是我最崇拜的作家。

雪怡哥哥是一个真正的农民，生在遍山黄土的村庄，并一生以之为伴，最终把自己仅有的三尺身躯留给了那一片黄土。

雪怡哥哥更是一位最善良的村民，最孝顺的儿子，最亲和的长辈，更是我一辈子里，最亲爱的哥哥。

雪怡哥哥，一位只在这个世界上用眼睛流浪了六十年的男人。六十年的人生，短暂而仓促；六十年的人生，历尽磨难而不屈不挠；六十年的人生，见证了时代和家庭的变化；六十年的人生，打磨了哥哥笃定而恬然的内心；人生六十年，身离去，文章短长任人评。

【总记】农历十七日缅兄长

塞外三月日渐长，西风冷土草还黄。
才于廊下共言欢，再见却是面如霜。

俯首帖耳唤兄长，一滴清泪流耳旁。
此去再无身前事，了了牵念了彷徨。

旧时嬉戏短丘岗，唯有松柏伴君旁。
人生百年一撮土，文章千古自短长。

【作者】

王举，笔名王雪凌、阿 Q 先生。八零后，企业管理人员。系王雪怡弟弟。

目录/CONTENTS

（带 ★ 篇目为朗读篇目）

村　事

楔　子

　　故事并非虚构，只是尝试着用小说的叙述手法一五一十、原原本本地写一写我们村里的两个人。

　　这两个人，一个是郭万有，一个是张老大。张老大其实是他的绰号，他和别人一样，也是有名字的，但村里没有一个人喊他的名字，不管当面还是背后，男男女女老老少少都叫他张老大。仿佛他的那名字只是写在户口本本上的三个字而已，与他张老大自己没有任何关系似的。因此名字在这里也就没必要提了。

　　要说这两个人，除了同年同月同日生之外，再也没有啥联系，不过这在一个不大的村里也实属罕见。平时他俩各走各的路，各活各的人。但村里人不知为什么总是爱把他俩往一搭里扯，说起这一个就自然想起另一个，这或许有村里人自己的道理。既然村里人都把他俩放到一起去评说，我自然也就将他俩放到一块儿去写。

一

先说说张老大。

张老大是二十世纪五十年代生的人，其实到现在已不年轻了。长相很普通，只是现在因为上了年纪的缘故，看上去枯瘦如柴，身子有些佝偻，倒像一棵风烛残年的歪脖子柳树，走起路来摇摇晃晃的，让人有些担忧，担忧他会突然倒下去；然而他却活得很自在，很精神，甚至活得很开心。张老大见了人总是笑呵呵的，说起话来，本来没有啥可笑的，但他却笑得很爽朗，倒让听话的人丈二和尚摸不着头脑，看着他那有些滑稽的脸，于是就忍不住也笑了。所以他在哪里，哪里就有笑声，但究竟因何而发笑，大多不得而知，不过笑总比哭强，只要大家开心就好么。人不就活着个乐和吗？

在旧社会，张老大父亲的日子过得很是凄凉，真可谓地无一垄，房无一间，仅仅靠给富户人家放羊、打长工过日子，给谁家干活就寄住在谁家。这样居无定所，一年苦到头，穿衣吃饭没有保障的苦日子，让他看不到生活的希望。解放了，张老大的父亲翻身了，终于过上了有家有舍、有田有牛的好日子，老婆又给他生了个儿子，这儿子就是张老大。这几件让人开心的事情着实让张老大的父亲喜出望外，不知几辈子了，都是因为穷，张氏一门没有出过一个念书人。老人心想：现在村里有了学校，而且基本不要学费，娃娃长大了，让他好好去念书，再也不要像自己和老辈儿人一样当睁眼瞎了。好不容易等到张老大长到上学的年纪，老人便将儿子送进了学校。然而三年后，和他一起进学校的娃娃一个个都升到二年级三年级了，可张老大依然是一年级。张老大的父亲因此很是焦急，就到学校找老师去打听，得到的答复是娃娃太笨了，读了三年书竟然连自己的名字都不认识。算术更是学得一塌糊涂，知道一只手有五个手指头但把两只手上的指头加到一起是多少总是搞不清楚。没办法，笨就笨吧！张老大的父亲虽然因此很懊恼，但还是没有让儿子辍学，老人心想，或许过几年会醒悟些的。没指望他当官为宦，识上些字总是有好处的。

然而一年之后，张老大说啥都不念书了，任凭老爷子拳脚相加他就是不去了。一气之下，张老大的父亲一病不起，不出仨月，便一命呜呼。祸不单行，不到一年妈妈也抱病而终。张老大一下子成了孤儿。因此村里人对他很是关照，他倒也没有遭多大的罪。

张老大十六七岁那时正是越穷越光荣、越穷越革命的年代。他是一人吃饱，全家不饿，在生产队里混得可精神哩！不管是斗张三，还是打李四，他都一马当先，表现非常好；不论是哪一次运动来，他都是村里冲锋陷阵的人，红得滴溜溜的。那些年，大多数人活得很艰难，日子在提心吊胆中度过，可张老大没有这方面的担忧，怎么找也给他找不出麻烦来。所以在那样的年代他的日子却过得很滋润，衣食无忧，就连花钱也不用自己挣，那救济款每一回都少不了他的。

要说这人本质也是不错的，特别是对领导说的话他都很听从。所以那么多年不管谁当队长都很重用他，鞍前马后，忙得不亦乐乎。有一次，队长突然问他："咹！张老大，你说这风是从哪里吹来的？"他挠挠脑袋，不知怎么回答，只是傻傻地笑，好大一会儿也说不出个所以然来。队长似乎有点儿生气，骂道："哑巴了？连这都不知道？风是从屁股下面吹出来的。"于是他便很释然地大笑了起来，说："对着哩，对着哩。你是队长么，自然知道得比我多。"队长又问他："你知道风是啥颜色的？"这回他却出人意料地回答说："这个么，你说它是啥颜色它就是啥颜色。"队长似乎很赞成他的回答，看了他好大一会儿，说：

"你娃娃还算聪明。"他听了这话感觉心里很热乎，忙不迭地给队长把旱烟点着。

可不知道是啥缘故，就这么好的条件却说不下个媳妇，眼看着村里和他一起长大的儿子女子都成家了，甚至已经当了爹当了妈，他还是孤家寡人。二十世纪八十年代，让他意想不到的是，仿佛在一夜之间，生产队一下子稀里哗啦地解散了，分田单干了。人们都忙于自家的农事，很少和张老大来往。张老大也分到了一份属于自己的土地。正是他年轻力壮的时候，地虽然务弄得没有别人家的好，但一个人的吃饭穿衣是不愁的。张老大下地干活也背着一个小半导体收音机，一边干活，一边和着收音机扯开嗓子唱秦腔。村里人隔着老远喊："张老大，你赶紧再不要唱了，难听死了，像驴叫唤一样，把收音机声音放大一点，让咱们都听听。"他很听话，不唱也不说话，只是赶紧把收音机的音量调到极致，好让一块儿干活的人都能听见。但这样收音机就很费电池，没关系，不就两节子电池么，再买一对新的换上，只要大家爱听，他是舍得的。其实他的心里是很愿意为大家做点儿什么的。

有的人见他这样做，碰到面上，诡秘地冲他笑笑，说："老大，你活得好乐和，我要是和你一样活一天也值啊！"他琢磨半天，不知道这话是对他的羡慕还是讽刺，但他却从来不往心里去，依然我行我素。日子像流水一样就这样一天天过去了。

三十八岁的那年，他突然时来运转。村里一个热心肠的大娘给他说了一门亲事，女方比他小十多岁，人家还是个正儿八经的黄花闺女，女方的父母也没有要多少彩礼。这对他来说简直是天上掉馅儿饼的大好事，可遇而不可求。于是在人们的帮凑下，很快就结婚了。

村里人给他把婚事办得很热闹。因为这么多年以来，无论是村里谁家办红白喜事，不管自己的田里有多少活计，他都会撇下自己的活计给别人家帮忙，三天也好，五天也罢，他都会有始有终，不遗余力。所以在这点上村里人大多都对他心存感激，只是苦于没有报答他的机会。这次总算给了亲朋邻居一个报答的机会，所以大家在他的婚事上都表现得很积极，很热心。有钱的帮钱（当然是借给他的），有力的出力，没费多少周折他就把媳妇娶到了家。

谁知媳妇娶到家里的第二天，她却披头散发、赤足露腹地大喊大叫着在村子里乱跑。张老大在后面紧追不舍，可是怎么也抓不住。这事儿一下子惊动了全村的人，在大家的帮助下，总算把她逮回了家。人们这才知道，她原来是个精神病患者，打小就这样，到现在已经很多年了，似乎已经无药可治了。其实这事以前也是有人知道的，只是没人给张老大说起而已。

张老大平静的日子就这样被打破了。可是他却并没有因此而嫌弃妻子，这样的媳妇自然是啥也不会做，家里家外所有的活计都是他一个人做；更为重要的是还要时刻照顾这样一个喜怒无常、打打闹闹的精神病人，所以张老大就显得更加忙碌了。但是见了人还是笑嘻嘻的，有人在他面前表示同情抑或是讨好地说："唉！你咋娶了这么个女人把你拖累的。"他却不以为然地笑笑说："闲么，有这么一个人总比没有的好些，还指望着她给我生个一男半女呢么。"于是别人也就不好再说什么，讪讪地笑着做自己的事去了。

一年多以后，张老大的精神病女人真的给他生了个儿子，但是产后不久女人就死了。当时，张老大并没有哭，只是抱着儿子傻傻地在屋里坐着，呆呆地看着村里人帮他把女人从屋里抬走。

发送完死人，村里人来安慰他，他反而说："死了也好，她这样活着也受罪得很，她走了，我倒少操心。"于是别人就说："你能想得开就好。"他说："想得开，上山砍柴，下河脱鞋么。"脸上似乎掠过一抹淡淡的笑。

从那以后，张老大一边当娘一边当爹，忙忙碌碌地和儿子相依为命。日子倒也过得平淡，不知不觉几年的光景就过去了。等孩子长到四岁多一点时，人们渐渐地发现这孩子有些不对劲，目光痴呆，说话含糊不清。于是村里人就建议张老大把孩子领到医院检查一下。乡上的卫生院检查后没得出啥结论，让赶快送到县医院检查，县医院检查后说是这孩子先天性智力发育不全，县医院治不了，建议送到省医院看看。在村里人的帮助下孩子又送到省医院，省医院到底是大医院，病是弄清楚了，可就是这种病目前还没有治疗的有效办法，就这样张老大和孩子又回来了，白白地花了许多冤枉钱。

儿子叫大壮，但村里人还是不叫他的名字，却叫他瓜蛋。时光荏苒，转眼瓜蛋已经二十好几的人了，可他的智力还不如正常五六岁的孩子，见了人只是傻傻地笑，连一句话都说不清楚。整天像个幽灵似的在村里乱转悠，吃饭穿衣都要靠张老大照顾。

如今的张老大和以前相比老多了，门牙也掉了，头发变白变稀了。儿子这个样子时间长了他也就习惯了。每到农闲的时候和村里人聚在一起吹吹牛，打打牌，嘻嘻哈哈的，看起来似乎很开心的样子。和人见面还是和从前那样先笑后说话。有人就问："老大啊！你是个心大的人，看你过得多乐和，啥事也不愁。"他就依然是笑着说："人么就活着个高兴。你哭也是一天，笑也是一天。"

其实要说村里日子过得最艰难的人也就数张老大父子俩。张老大一辈子是个吊儿郎当的庄稼汉，得过且过的，加上现在老了，有些农活也干不动了，在家里还刷锅捣灶的，自然光阴就过得不景气。村主任看在眼里，记在心上，逮机会就把张老大的情况汇报给了镇政府，镇政府研究决定把他们父子送到养老院去。

村主任接到通知很高兴地跑到张老大家，一五一十地把这个事情给他说了，谁知张老大听了当时就火了，很生气地瞪着眼睛吼道："养老院那是啥地方？我有后人哩，不是五保户，再说我还不老，不能坐在那里面吃闲饭，不去。"村主任听完悻悻地走了，可是心里总是过意不去，就又跑到镇政府给他办了两份低保。这件事张老大却很高兴，逢人便说："共产党真个好，看我老了，干不动了，还每月给我发一百块钱的工资。"人们听了，呵呵地笑笑，说："你命大么，好事儿尽让你赶上了，花不完了请咱哥儿几个喝酒啊！"他就笑得满脸开花，说："能成么，钱嘛，多了多花，少了少花，没了不花。你看咱村的郭万有，挣下那么大的家业，可活得还不如咱几个舒坦呢！"人们听了这话只是不以为然地冲他笑笑而已。

说到郭万有，下面就该说说他了。

二

现在的郭万有不管怎么看他也不像个农民。但是他的的确确是个农民。村里人都说，郭万有要是多读几年书，说不定现在是个县长或者比县长还大的官儿，可话又说回来，现在就是给他个县长，人家也未必当。听说光他的企业一年给县里上交的财税款竟然占本县一年财政收入的十分之一。那就是说，本县的公务员每月如果发十块钱的工资其中就有一块钱是郭万有给他的，怪不得当官的都很看得起他，人家也算是他们的衣食父母哩。你说能不尊重人家嘛！

郭万有小时候身体比较瘦小，体质也非常弱。所以上学比较迟，八岁多才羞羞答答地走进学校的大门，报到的时候，老师问他叫啥名字，他却红着脸低着头一句话都不说。老师看他这样，就不难为他，说：

"你是老郭家的娃娃，我给你先在报名表上写上个郭字，等明天让你们家里人给你把名字取好了你给我说，我再填上。"

晚上回家，他把这话给妈妈说了，妈妈一边忙活，一边不假思索地说："就叫郭万有吧，咱家现在穷的啥都没了，想指望着我的娃长大后不缺吃不缺穿，要啥有啥，把日子过到人前头哩！"他记下了妈妈的话，第二天才把自己的名字告诉了老师。

郭万有上学时，一到三年级的学生在一间教室里上课。三排桌子，三个年级各占一排，他在靠窗子的第一个桌子上，他是个寡言少语、听话懂事的孩子，也不惹是生非。别看他长得弱不禁风的样子，可学习在班里一直是最好的。所以也很少有人和他过不去，在学校的日子倒也平静。

说来现在的人很难理解，那时候开学的第一课不论是哪个年级，课文内容大致都一样。第一课的内容是："毛主席万岁，万岁，万万岁。林副主席身体健康，永远健康。"有一天早上，从一年级到三年级的同学都在闭着眼睛背诵这样的课文。校长突然急急忙忙跑进教室，挥着两只胳膊说："不要再念了，不要再念了。"听到此话，同学们的读书声便戛然而止，大家都睁着两只好奇的眼睛看着校长。校长平时是个很严肃的人，在同学们的记忆中从没有看到校长有过一丝笑容，经常戴着一顶蓝色的帽子，帽檐压得很低，几乎要把眉毛都遮进帽子里面去。不知道他的名字，只记得他姓杭。

他走到讲台上，转过脸来很严肃地对同学们说："请大家把课本拿出来，翻到第一课，把'林副主席身体健康'用笔画掉。"这时候同学们面面相觑，不知道发生了什么事。过了好大一会儿，他语调很沉痛地说："林彪叛变了。"然后就头也不回地走出了教室。

一九七六年九月九日，伟大领袖毛主席突然溘然长逝，这是全国人民很难接受的一件事。那几天学校里就没有上课，学生们都"自由活动"。一天下午，学校组织全校师生收听（那时候我们这儿还没有电视机）追悼会的实况转播。

就是在那天，全校的老师和同学们才第一次看见校长摘掉了那顶蓝色的帽子，知道了校长一直严严实实戴着那顶帽子的秘密，原来校长是个秃子，满头竟然没有一根头发，那头皮在阳光下显得熠熠生辉，很光洁，就像一个硕大的电灯泡似的。

几天以后，学校教室山墙上的大黑板上面不知是谁用彩色粉笔画了一幅漫画：一个和尚模样的人，一只手里拿着学校里的那个手摇铃铛在晃动，嘴里叼着一支烟，另一只手里提着一瓶酒，下面还写了一行字：当一天校长摇一天铃。校长其实不识字，也不给学生上课，那时候是贫下中农管理学校，他是被请来当校长的。他问旁边的学生，那一行字写的是啥？有人就念给他听。那画上的"和尚"其实他一眼就认出了画的是他。

校长因此大为恼火，扬言一定要查处画画的人。说这个人一定是个反动分子，在追悼会上还有心思看我的光头。查来查去，不知怎么着竟然查到五年级的郭万有头上了。尽管郭万有极力争辩，说不是自己干的，但谁会相信他的话。那天校长一脸怒气地把郭万有叫到他的办公室，大声呵斥："你老实说，那幅画是你画的吗？"郭万有赶紧分辩："不是我画的，真的不是我画的。"校长听后火冒三丈，冲着郭万有吼道："胡说！这个学校里除了你谁还能画出那样的画？其他人想画还没那本事哩！不是你？不是你难道还是教美术的谢老师不成？没想到你这个地主儿子小小年纪就这么坏。"此刻的郭万有有口难辩，没有人会相信他的清白。

第二天，郭万有就被学校开除了。

回到村里，队长念他年纪尚小，身体孱弱，干不动重体力活儿，分配他跟着村里的胥跛子去放羊。从此以后，才十三岁的郭万有就成为一个小羊倌，整天跟着胥跛子赶着羊群在荒山野岭上转悠。栉风沐雨，冬夏如一。可他的干粮袋里始终装着几本从同学那里借来的很破旧的书和自己的那本《新华字典》。几年的时间他就这样在山野里读了许多书。

那是一个冬天的早上，他和妈妈请了两天假，去离自己家三十公里的大姨家贺喜。自从他被学校开除以后哪里也没有去过，这次大姨的儿子娶媳妇，妈妈非要带他一起去，他本来也不愿意去，可妈妈一定要和他一块儿去，于是他就很不情愿地跟着妈妈去了。

三十公里路，他和妈妈步行。中午时分才走到大姨家。大姨家给儿子的婚礼办得怎么样，到现在他自己也记不清了，只记得他和妈妈给人家搭了两块钱的情。

晚上，他们和大姨、大姨父坐在屋里说话。说着说着大姨父就看着妈妈的脸，吞吞吐吐地问："他二姨（指妈妈），有个话我一直都想给你说。"然后就不住地挠头，显得很为难的样子。妈妈就问他："姐夫，啥话你就说嘛，都是一家人么。"于是他就鼓起勇气说："你看，是这话，他二姨夫已经殁了有四年多了吧，你还很年轻嘛，日子也过得烂杆得很，这样下去哪一天是个头？你咋不想着再走一步？找一个人帮着给你把娃娃拉扯大。"谁知妈妈听了这话，竟然号啕大哭起来，哭得撕心裂肺，哭得天昏地暗，把这些年的委屈和那无以言说的苦楚都哭了出来。弄得大姨和大姨父手足无措，不知怎样劝说才好，大姨只是一个劲儿地埋怨男人。好不容易妈妈才止住了哭声，用手揩着满脸的泪水抽泣着说："姐夫，这话你们再就不要提了，我活着是郭家的人，死了是郭家的鬼，我的男人死了，可我的心里永远只有他。如果我那么做了，我上对不起郭家的老人，下对不起郭家的娃娃，更对不起我个人的良心，死后也没脸见娃娃他爸。那方面的心思早都死了，我这些年最愁的不是我个人，而是我的娃娃，他们家这么个出身，没有人给我的万有给媳妇，眼看着也大了，到后来我的娃如果成不下个家，我死了都闭不上眼睛啊！"说到这里，妈妈就又大哭了起来。大姨听到这里也跟着妈妈哭了起来，大姨父低下头，好像什么也没听见似的，只是低着头坐在那里吧嗒吧嗒一锅接一锅地抽旱烟。

过了好大一会儿工夫，大姨父突然抬起头，在炕沿上啪啪地磕着烟锅里的灰，大声说："他二姨，你不要哭了，是这么个话，既然是这样，你把心放到肚子里，我的三个女子，你看上哪一个，哪一个就是你的儿媳妇。"妈妈听了这话猛然止住了哭，抬起头，疑惑地问："姐夫，你说的这是实话？真话？"大姨父果决地说："实话么，你的娃娃也就是我的娃娃，我一个大男人还能给你说假话？我啥也不要，到时候你娘儿俩有力承（意为能力）了给女子买两件遮垢痂的新衣裳，没有了我给她买，总而言之把娃娃的婚事办了就成。"妈妈听完这话，又是喜极而泣。

大姨父家有三个女儿，大女儿名叫芸香，比郭万有大四岁，郭万有叫姐姐，二女儿水香和郭万有同岁，生日比郭万有大半年，也叫姐姐，三女儿玉香比郭万有小两岁。芸香今年已经二十岁了，虽然长得没两个妹妹秀气，但也乖巧伶俐。

第二天吃罢早饭，大姨父把三个女儿喊进屋里来，让妈妈给郭万有选一个做媳妇。妈妈看看这个，又瞅瞅那个，笑眯眯地半天不说话，弄的三个女儿有点儿不好意思，小女儿玉香知道没自己什么事儿，就冲两个姐姐眨眨眼睛，努努嘴巴。芸香只是笑眯眯地站着，可能她也知道没自己啥事儿，毕竟自己比郭万有大几岁，一定不会是她。此时最难堪的就是水香了，她红着脸低着头，把长长的辫子拿下来在手指上缠上又放开放开又缠上。好大一会儿工夫，妈妈才抬起头笑笑，指着大女儿说："就芸香吧。"芸香听了这话很意外地抬起头看了妈妈一眼，又很快低下头红着脸转身跑出了屋子。于是两个妹妹也如释重负般地跟着姐姐走了。

大姨父听了妈妈的话，只是说了一个字："成。"妈妈说："不知道芸香愿意不愿意？"大姨父说："这事儿我说了算。"

就这样，芸香就成了郭万有的媳妇。

三

那一年，郭万有十六岁。

因此，妈妈总是有事没事让他去大姨父家玩，顺便给他芸香姐姐捎去妈妈给她买的衣服或者袜子、鞋甚至针头线脑的东西。当时在郭万有的心中其实也不太明白媳妇和姐姐有什么不同，还是和从前一样他依然把芸香叫姐姐，芸香表面上对他还是和过去一样，但是在家里没人注意的时候，她总是会面带微笑的给他说一些很体贴的关心话，这让郭万有的心里暖暖的。觉得姐姐真好，就像妈妈一样，使他心理上有一种无以言说的依赖感。有一次姐姐把他搞得很尴尬，吃饭的时候，姐姐把一碗饭递到他的手上，他端起来刚用筷子一搅和，觉得里面沉沉地，再一翻动发现碗底卧着两颗白森森的荷包蛋，他急忙看了一眼家里其他人的碗，人家都吃得稀里哗啦，可以肯定里面没有同样的东西，他觉得不好意思，脸烧烧的，急忙端到屋檐下一个人蹲在那儿胡乱地吃了。去厨房里放碗的时候看见姐姐笑眯眯的，问他还吃吗？他只是嗔怪地瞪了姐姐一眼就出去了。

就在郭万有和妈妈从大姨父家回来的那天晚上，队长出乎意料地来到他家，队长是很少到郭万有家来的，所以看到队长走进家里，妈妈和郭万有颇感局促，妈妈心里嘀咕：不知又有什么不好的消息，因为这么多年来，队长一旦来到他家似乎就没有什么好消息。妈妈给队长倒上茶水，毕恭毕敬地说："喝点儿。"然后就退到一旁，站在那里听队长要说什么。心里是十五只桶子打水七上八下非常忐忑不安，他娘儿俩的吉凶祸福此刻就出自队长的口里，妈妈很期待队长的话又似乎怕听到他的话，就这么挪脚搓手地等着。队长这一次来在态度上与往常大不一样，面带笑容，说话也很和气，甚至把妈妈端来的茶水毫不客气地端起来就喝。在妈妈的记忆里队长来到她这样的人家是从来不吃不喝的，经常是板着脸，把该说的三五句话往出一撂就走人的。可这次是怎么了？妈妈心里的诧异不亚于太阳从西边儿出来，于是也赔着笑脸应付着队长。喝完茶，队长终于说出了主题："万有啊！明天就不要再去放羊了，这也不是啥出息人的活儿，公社里给咱们队上分配下一个农机员的名额，我考虑来考虑去，咱队上的年轻娃娃中就你识字多，我想让你去干。这是个机器，不识字的人想务弄也务弄不转，弄不好还闯麻达哩（事故）。如果能成的话，你明天就到公社农机站培训去，住的吃的农机站都管着哩，啥也不拿，就拿上你的笔和笔记本子，你看咋样？"妈妈听了这话不知是感到意外还是犹豫不决，半晌没言语，郭万有一听高兴极了，没等妈妈说话，自己就说："能成能成，我明天就去。"妈妈也只好点头，有些勉强地答应了。

郭万有其实早就不想放羊了。将近三年，他和他的羊群一起像一片飘动的白云一样游荡着，家乡的那些山山水水，沟沟洼洼，他熟悉得就像自己的手指头一样，他渴望走出这迷蒙而苍凉的大山，去到外面那色彩纷呈、变化万千的世界里去闯荡、去奋斗、去打拼。他有一颗男子汉的雄心与野心，他要用自己的能力与实力去实现自己的人生价值。

第二天，他就去公社的农机站报到，坐在宽敞明亮的教室里，他感到亲切又有点儿陌生。是啊，自己离开学习的环境已经三年多了，这三年多以来，他虽然一天也没离开过自己喜爱的书本，但是那是在烈日下或者是在寒风中，那种氛围是和这里截然不同的。这三年来他大多都是在读一些文学方面的书，但是像数理化方面的书他就看得比较少，今天发到自己手里的农机专业书籍他还是第一次接触。他非常珍惜这次学习机会，当他拿到这本薄薄的散发着油墨清香的《农机使用与维修》小册子时，他情不自禁地放在自己的鼻子下面嗅了好大一会儿，他喜欢这种味道。他喜欢手里捧着书的这种感觉，这种味道能使他陶醉，这种感觉能使他愉悦。他极其认真地听着老师的讲解，做着笔记，生怕漏掉一个细节。四十天的学习时间，他除了吃饭睡觉之外大多数时间坐在教室里看书。不仅仅是学习农机知识，还有他从同学那儿借来的杂志和小说。

结业考试时，他得了全公社农机学员中的第一名，能独立完成柴油机的安装和调试，获得了老师和同学的一致好评。

就在他回到村里的一个月后，生产队里买回了第一台拖拉机，他成了生产队里的拖拉机驾驶员。他很喜欢这份工作，经常把拖拉机保养得很好，擦拭得干干净净，队长也因此很喜欢他。队里的那些小伙子也羡慕他。很快他就出名了，不仅忙队上的事情，还不时地被临近的几个村里请去修拖拉机。

十一届三中全会后，国家对农村的政策做了很大的调整，不久就解散了以生产队为核心的农业生产组织，分田单干了。这是广大农民企盼已久的事，农民们因此而欢呼雀跃。田地牲畜很快就用抓阄的方式分到了各家各户。分到最后，生产队里的那台手扶拖拉机却怎么也没人敢承包，队长又来找郭万有说："万有啊！你看咱队里的那台拖拉机说啥都没人承包，不是大家不愿意要，是他们实在使唤不动那个铁家伙，我看还是你承包下来吧。"郭万有听了这话，半天没言语，考虑了好大一会儿工夫才说："不知队里一年要多少钱的承包费？"队长抽着旱烟，犹豫了一会儿说："这我也心里没谱，你看多少合适？"郭万有不假思索地说："五百咋样？"队长听了如释重负般地笑了，说："我看能成。"说完起身走出屋外，站在屋檐下扯着嗓子喊会计，不大一会儿，会计就气喘吁吁跑来了，他对会计说："万有把队里的拖拉机承包了，你赶快把合同签了。"会计听后，什么也没说，拿出纸笔写了一张合同书，让郭万有在上面按了指头印。

当天下午，郭万有就把拖拉机开进了自家的小院里。

第二年冬天，奶奶突然一病不起，就在临终前，把万有唤到床前，拉着孙子的手，断断续续地说："奶奶看来是不行了，但我还有两件心事啊！"万有急忙说："奶奶有啥就赶紧说吧，我听着呢。"奶奶说："头一件是你爷爷过世在劳改队里，到现在连他的坟在哪里咱们都不知道，我的娃以后如若有本事找到你爷爷的骨殖，把他拉回来和奶奶埋在一起。二一件就是你今年也快二十的人了，奶奶本来想看着你把媳妇娶进家，可我看来是等不到了，我走了以后你们娘儿俩也怪孤单的，赶快找个人帮忙给你们把结婚证办了，娶过来吧，你媳妇也不小了。"说完她从自己的手腕上退下来那对银手镯，这已经是奶奶唯一值钱的东西了，颤巍巍地递到妈妈手里说："这是我给孙子媳妇留的一点点念秘（留念的意思），你替我给她吧。"妈妈含泪捧在手里，口里喊着"妈——妈！"可是奶奶好像什么也没听见很累很累的样子，慢慢地闭上双眼，再也没有睁开。

奶奶就这样走了，留给郭万有和妈妈无尽的思念和伤悲。患难与共，相依为命数十年，这份骨肉亲情怎么也难以割舍啊！郭万有和妈妈趴在奶奶的灵柩旁，整整三天没吃没喝，哭得天昏地暗，死去活来。然而失去的永远不会再回来。

发送完奶奶，妈妈就开始张罗着给郭万有娶媳妇。

妈妈卖了家里的一头肥猪，给芸香买了几件衣服亲自送过去，大姨父也很高兴，两亲家一商量就把日子定下来了。

腊月二十六，郭万有开着自己的拖拉机把芸香娶进了家门。婚礼其实办得非常简单，娘家送过来的"尊客"只有一桌，八个人。吃了一顿乡里人叫作十大碗的酒席，招待完就打发了。剩下来贺喜的亲朋邻居就没有那样的待遇，吃的是烩菜加馒头，喝点白酒，抽几根纸烟，临走给妈妈手里塞进八毛或者一块的情钱，说着一连串道喜的话就离开了。黄昏时分，家里也就恢复了往日的清净。

成亲的第三天晚上，郭万有和媳妇在妈妈的屋里坐到半夜，和妈妈说了许多的家里话，直到妈妈把他俩"赶出"屋外顶上自己的门，他俩这才回到自己的小屋内。芸香给两人倒上洗脚水，两人说说笑笑地洗完脚就脱鞋上炕了。

郭万有还是和前两晚上一样，只是把外面的衣服脱了，拉开自己的被子倒头就睡下了。芸香上炕看着郭万有说："咋着又不脱衣裳？"郭万有傻傻地笑，脸红红的，结结巴巴地说："不脱能成么？"芸香白了一眼他说："为啥？"郭万有的脸更红了，吞吞吐吐地说："姐姐在啊！差得很。""啊？"芸香听了这话忍不住笑了，她边脱衣裳边说："你怕是心里有鬼哩！"听了这话郭万有抬起头问："有啥鬼？""哼！我知道你心里咋想的，你是想着我家的水香呢？"芸香好像有点儿生气，把脸转过去，嘴噘的老高。郭万有一听这话，忽地坐起来，赌咒发誓地说：“没有啊！谁要是那样的人，谁就是小狗，不是人。”芸香再也没说什么，笑眯眯的把灯熄了，拉过自己的枕头，揭起郭万有的被子，睡在了郭万有的旁边，不知怎么郭万有此刻真是有点儿不知所措，竟情不自禁地叫了一声姐……

四

分田单干以后，郭万有由于家里当时人口少，分的土地也不多，他和媳妇勤劳能干，再加上他还有拖拉机这个得力助手，耕种、拉运、打碾都用拖拉机，所以农活总是觉得没有什么干头。郭万有是个不愿意闲下来的人，闲下来就觉得心里憋闷，他不愿意和村里那些人一样在农闲时聚在一起用打牌聊天来打发时间。

夜已经很深了，郭万有躺在炕上，翻来覆去地睡不着，芸香好像也醒了，动了动，转过身来，在黑暗中吻了吻郭万有的额头，问道：“咋了，到这时候还不睡？”郭万有伸了伸懒腰，说：“睡不着，胡思乱想呢！”“哦！想啥呢？”芸香此刻也没了睡意问：“能不能给我说说。”她用手轻轻地抚摸着丈夫宽大的胸膛。郭万有抓住芸香的手，攥在自己的手里，慢慢地说：“自从分田单干以后，这两年咱们的生活是一天比一天好了，吃饭是不用发愁了，可就是花钱还是困难得很，我想咱们要是不愁花该多好啊！”芸香听了，半晌才说：“庄稼汉嘛！能吃饱肚子就已经不错了，哪能有太多的钱？再说咱们家除了这点儿土地，再也没有来钱的门路。”郭万有听了媳妇的这番话却不以为然，他说：“难道除了种庄稼就没有其他的门道可以挣钱？我就是正在想一个能挣钱的门道哩。”云香说：“其实你想的也对，你看这点土地就我一个人也能务弄过来，你要是能找到一个挣钱的营生，你就好好给咱们挣钱去，地里的活儿全交给我。反正闲着也是闲着，不如干一个营生的好。"郭万有沉默不语。过了一会儿，芸香又说："你要是会看病那该多好？你看咱们村里的保健员在镇上开了一家诊所，上门看病的人可多呢！这几年你看他家的光景一年比一年好了，房子修了，连手扶拖拉机家里都有了。"听了芸香的这番话，郭万有突然坐起来，兴奋地用手在芸香的背上拍了一巴掌，在黑暗里一个人嘻嘻地笑了，芸香嗔怪地骂道："死鬼，发啥神经？"郭万有说："媳妇儿，你男人我也会看病啊！""嘿嘿！半斤八两的我还能不知道你？还看病呢，看你个头。"芸香笑着嘲讽男人。郭万有用手摇着芸香的肩膀说："我就是会看病嘛！"芸香只是笑笑，像哄孩子似的说："睡下吧，别冻着了，乖——乖，你会看病，呵呵，是个大先生么。"郭万有这才说："你知道的，我会给拖拉机看'病'哦，我可以在镇子上开一家农机维修铺，明天我就去找门面房。"芸香一听也觉得有道理，于是小夫妻俩就再也没了睡睡。说着说着，郭万有突然兴起，搂着媳妇喊姐姐的老毛病又犯了……

第二天，郭万有吃了早饭，骑着自行车早早地去了离家十几里路的镇上。镇子虽然很小，但却是这方圆的大地方了：一条老街不宽也不长，仅能过两辆汽车而已，站在街道的一头打一个喷嚏另一头也能听得清楚。那时候街道两边的门面房都很破旧很低矮。郭万有来到镇子上，沿着街道从左面走上去右面走下来，看见那些商铺有的开门营业，但也很冷清，没有几个人，还有一部分门面房的大门紧锁。人生地不熟，郭万有转悠到中午时分还是没有打听出哪一间门面房可以出租。

正准备回家，却突然在街上遇见了村里在镇子上开诊所的保健员李田，李田见了面很热情，硬拉他到自己的诊所里去坐坐，郭万有也没有怎样推辞，跟着李田来到他的诊所，李田给他倒上茶水，还好正是中午时分，诊所里很清静，郭万有一边喝水一边就跟李田说话。

李田问郭万有："你今天来镇上有事儿吗？"郭万有就将自己的想法说给李田。李田听了很支持郭万有，说："房子的事儿包在我身上，我慢慢给你打听，一有消息，我就给你捎话。"听了这话郭万有不胜感激。又聊了一会儿，郭万有站起来说："那我就先回家了，地里还有活计哩。"说完郭万有就走出了诊所。

一个星期后，郭万有的农机维修服务铺在镇子上开业了。简单的开业典礼过后，郭万有请几个朋友在隔壁的饭馆里吃了饭，就回到自己的铺子里，其实开业当天也没有生意，他只是忙着在店里整理自己刚进的一些农机配件和修理工具而已。

下午时分，店里突然走进几个年轻小伙子，郭万有急忙上前招呼，可他们对郭万有的热情不理不睬，仰着头这儿看看，那儿瞧瞧。还不时地伸手翻看店里的东西，拿起一样农机配件看一眼又重重地扔回原来的地方。就这样他们折腾了好大一会儿工夫，一个戴墨镜的小伙子才开口说话："咳！你是哪里的？"郭万有急忙自报家门："郭家庄的，我叫郭万有，刚来镇上开铺子，希望弟兄们多多关照。""哼！乡巴佬，见过几回机器，就跑到镇子上来开铺子？你也不问问这镇子上谁是吃这碗饭的？"那位戴墨镜的小伙子一脸霸气，趾高气扬地说。郭万有听了这话，急忙赔着笑脸说："兄弟我学过拖拉机的维修技术，多少还是懂一点儿，要不也不敢来镇上开这样的铺子。"那个戴墨镜的听了，冷笑一声说："多少懂一点儿？呵呵！多少懂一点儿就跑到镇子上来糊弄人？你以为这碗饭是那么好混吗？"郭万有听了这话，也有点生气，大声说："看你们几位凶神恶煞的样子，有话好说么，这是要咋哩嘛？我刚来没有得罪几位吧？""嘿嘿！说得好听，抢我们的生意，还说没得罪我们。"戴墨镜的那位一脸怒气，用手敲击着柜台说，"我看你还是滚回郭家庄去吧，不然别怪我们哥儿几个不客气。明天这时候我们几个还来，你如果还在这里不走，看我们咋收拾你。"说完一甩手大摇大摆地走了。

晚上，郭万有在朋友那儿一打听，原来那个戴墨镜的就是这个镇子上大名鼎鼎的马大礼，绰号叫"狗食"，是这个小镇子上的"大哥"，不论谁不论你干什么，只要你想在这个小镇上站住脚，如果不给他一点儿好处，那是绝对不行的，他会无事生非地给你找许多的麻烦，甚至会把你赶出镇子。朋友劝他去见见这位"大哥"，给他送点东西说些求他庇护的"软话"，或许就不会再找麻烦。"狗食"表面上虽然也开着一家农机修配门市部，但他并没有靠这个手艺吃饭，他的收入来源是众人皆知的秘密。只是大家都抱着破财保平安的想法不去招惹他而已。可郭万有就不信这个邪，他暗自在心里说：看他明天能把我怎么样？

第二天下午，这帮人气势汹汹地又来了，一进门就嚷嚷着要郭万有"滚蛋"。郭万有不慌不忙地走到"狗食"旁边，心平气和地跟他说："老哥！你这是何必呢？你我各做各的生意，井水不犯河水，镇子不是你家的自留地，你能开铺子，难道我就不能？""狗食"一听这话，仰面朝天地笑了，笑罢转过身去对他的那几个哥儿们说："嘿嘿！茅坑里的石头还又臭又硬，在我面前不说软话的人还真没见过！你们说咋办？"那几个人齐声喝道："把他修理一顿，好让他知道个天高地厚。"说着就准备上前"修理"郭万有，郭万有急忙从柜台下面抽出一把扳手，说："你们要打架？那好，不要以为你们人多，你们谁敢先动手我今儿就和你们拼命，人总得讲理嘛！""狗食"一听这话，示意那几个人退到一边，自己上前偏着脑袋把郭万有从上到下打量一番，点着头说："不错，是个儿子娃娃，我就不喜欢那些软蛋，要讲理？当然好，我就喜欢讲理的人。不是我不让你在这里开铺子，干这一行要有真本事，不能胡整，你说对吗？"郭万有说："那当然了。""狗食"听了点点头，摇头晃脑地说："那好，既然这么说，我就让你露一手，我那儿有一台柴油机，我让你修，不准更换零件，只要你把这台机子修到能发动起来就算你成功，如果修不好，别怪我不客气，你就乖乖地走人，再不要在这里糊弄人，你看行么？"郭万有问："啥时候过去修？""明天吧。""狗食"不假思索地说。郭万有笑笑说："能成，我明天过来。""狗食"伸出手和郭万有握了一下，领着他的那帮哥们儿走了。

第二天中午，郭万有锁上自己的铺门，走到"狗食"的铺子里。其实离得并不远，在街道的另一头。进了门，"狗食"抬头一看嘿嘿地笑了，冷冷地说："来了？"郭万有点点头，啥话也没说。"狗食"起身走到门前用手指了指停在门外的两台很破旧的手扶拖拉机，说："就是那两台机子，今儿个你能把它们修好我就服你，如果不行，那就没说的，哪儿来的回哪儿去。"郭万有说："不是说一台吗？""狗食"冲那帮哥们儿诡秘地笑笑说："如果两台都能修好，我请你吃饭，行么？"郭万有问："啥毛病？""狗食"说："毛病不大，一台发动不起来，一台发动起来就会自动熄火，你看着办吧！"

那天正好是集日，街上人很多，小镇上的人似乎特别喜欢看热闹，听见这样的消息，不一会儿就聚拢了许多人，人们七嘴八舌地议论着，煞有兴趣地期待看郭万有给大家唱这出独角戏。

郭万有一句话也没说，走到那台发动不起来的拖拉机跟前，用摇把摇了摇，然后就蹲下来，拿出工具卸下柴油机上那个瓶状的东西，拿在手里不知怎么捣鼓了一会儿，重新又安装上，然后又仔细地检查了润滑系统和冷却系统后，转过身来对"狗食"说："好了。""狗食"似乎有点儿不相信，睁大眼睛看着郭万有，好像不认识似的。说着郭万有拿起摇把一下子就启动了拖拉机，听着拖拉机突突的响声，在场的人齐声喝彩。郭万有又走到另一台拖拉机跟前，只是看了看，就蹲下来用扳手卸下柴油机的排气管，在机体上的那个排气孔里用螺丝刀捅了一会儿，清理出许多黑色的积碳后，就迅速地又安装好，然后启动了拖拉机，拖拉机匀速地转动了起来，好大一会儿工夫，再也没有发生自动熄火的毛病了。

郭万有对"狗食"说："你看咋样？你说的话可都算数？""狗食"一脸的讪笑，说："佩服佩服，我说话算话，今天老哥请你吃饭。"郭万有笑笑说："吃饭就不必了，以后还望老哥多关照啊！"说完就挤出人群，扬长而去。

从那以后，"狗食"再也没有骚扰郭万有的生意，因为他手艺好，服务态度热情，生意也日渐红火。找他修理农机的人络绎不绝，一个人忙不过来，又雇来了两个人给他当助手。一年后，"狗食"也主动找上门，要求和郭万有合作，郭万有二话没说就爽快地答应了他的请求。时间不长镇子上仅有的三家农机维修铺都被郭万有兼并了，因此扩大了经营场地和经营范围，逐渐从单一的维修转为农业机械的销售。农民的日子一年比一年好，购买农机的热情空前高涨，因此郭万有的生意也就水涨船高，效益非常不错。

三年后，郭万有又租用了已经倒闭的县农具厂的厂房和场地，联合"狗食"等几个朋友成立了自己的公司，自己任经理，取名"万有农机销售维修服务公司"，在县城挂牌开业，经营销售大中小型拖拉机、农用运输车、收割机、播种机等农业机械。

五

　　黄昏的时候，芸香正在厨房里做饭，突然听见门外汽车马达声，跑出来一看，是丈夫开着他那辆崭新的黑色桑塔纳回来了，车上还下来了一个打扮入时的年轻女子。芸香没有认出那女子是谁，那女子转过身来笑眯眯地叫了一声姐姐，芸香这才认出是妹妹水香。两年不见，芸香还真有点儿认不出妹妹了，妹妹长高了许多，也比以前水灵了许多。她情不自禁地跑到妹妹旁边伸出双臂抱住妹妹，什么话也不说，眼里流出两行激动的泪。郭万有取下行李，关上车门。看到芸香姐妹俩抱在一起泪流满面的样子，笑道："看把你两个亲热的，赶快进屋吧。"芸香这才放开妹妹，擦了擦泪水，提着妹妹的包儿拉着妹妹的手和丈夫走进了家门。

　　妈妈在上房里看孩子，听见儿子回来了，赶紧迎了出来。郭万有已经快两个月没回家了，说实话妈妈很想他，就这么一个儿子，从小到大都没有这么长时间离开过她，这两年儿子回来的间隔一次比一次长了，她知道现在儿子很忙，没有太多的时间能和他们娘儿几个在一起，然而时间长了她还是克制不住自己去想他，说实话儿子这几年一个人在外面闯荡，要说最放心不下的就是她，时常为儿子担忧。她觉得有许多话要对儿子说，可就是凑不上机会，儿子今天回来她要好好跟儿子说说心里的话。

　　时光匆匆，转眼郭万有已经结婚七年多时间了，芸香在这七年当中忙里忙外，从耕种到收割打碾家里的农活大多都是她一个人在忙活。实在忙不过来的时候才出钱请几个人来帮一下。对于芸香持家过日子的勤快和节俭作为老人她很满意。唯一让她感到遗憾的是这六年里，芸香一共生了三个孩子，两男一女。第一胎是个男孩，但是生下不足一天就死了，第三胎八个多月就胎死腹中，开刀取出胎儿才保住了大人的命。只存住了老二，是个女孩，现在已经两岁半了。长得很可爱，也很乖巧。他们一家子视如掌上明珠，取名叫招弟，但是"招弟"却永远不会再有弟弟了，因为芸香从那次手术后，就没有生育能力了。当时对老人来说，这简直像晴天霹雳，让她很难接受，但也无可奈何。她一辈子就为郭家生了万有一个儿子，可万有如果再不能生个儿子，这郭家以后不就断了香火？这件事情成了她的一块心病，说实话，对自己家里现在的经济状况和生活现状她都非常满足，十多年前这样的光景她连想都不敢想，现在虽然说吃穿花钱没有让她发愁的地方，可就是这一件事情不如意，让她想起来就闹心。但也没有一点儿解决的办法。

儿子和水香一进屋里，就抢着抱起炕上玩耍的招弟，这儿亲亲，那儿摸摸。看着他们亲热的样子妈妈很开心，她赶紧给水香和儿子倒上茶水端过来，水香从姨娘手里接过水杯，问了姨娘最近的身体情况，妈妈这才插上话，拉住水香的手问："你这是从哪儿来？两年不见长成大闺女了！"水香说："我毕业了，是从学校回来的。"

水香是四年前考上南方一所重点大学的，学法律专业。本来她自己准备在外面找工作的，可姐夫郭万有不同意，并且在县里的检察院帮她找了份很不错的工作，她回来时姐夫已经给她办好了一切手续，今天去单位报了名，就等着下个礼拜一上班呢！芸香和妈妈知道这些具体情况后都非常高兴。水香姐妹都很聪明，玉香也在去年考上了大学。郭万有对芸香开玩笑说："你幸亏没上过学，不然的话那就不是我郭万有的媳妇儿了。我可能会打一辈子光棍儿。"芸香嗔怪地瞪一眼丈夫，说："那才活该。"

吃晚饭的时候，妈妈问郭万有："听村里在你那儿上班的几个小伙子回来说，你最近又承包了城郊建筑公司？有这么回事儿吗？"郭万有笑笑说："妈，你在家里可消息还蛮灵通的。"妈妈也笑着说："妈还没有老糊涂，村里在你那儿上班的人那么多，每天晚上都有回来的，你的事儿妈妈能不打听着吗？"郭万有说："事情是有这么回事，可这回你儿子不是承包，是买下来了。城郊建筑公司这几年连年亏损，没人敢接手。我就把这个公司买下来了。"

说起来这已经是两个月以前的事情了，城郊建筑公司由于连年亏损，已经到资不抵债的地步，因此向社会发出公告，找愿意承包或者租赁本公司的人。郭万有通过慎重考虑，权衡利弊，主动找到主管部门，通过几轮谈判，他决定出资买下这家建筑公司。包括公司的办公大楼和一切机械设备，公司管理人员和工人愿意留下的留下来，不想留下来的领取这几年公司所欠下的工资后走人，到最后没有一个人愿意离开。郭万有因此喜不自胜。接手这家建筑公司以后，他大胆改革，通过调查研究，果断撤换了一部分不称职的管理人员。合并且调整了一部分管理机构。公司更名为"万有房地产开发公司"。经过近两个月的忙碌，他终于将公司引入正轨，几个大项目大工程也已经相继开工，郭万有才算松了口气，今天终于能抽空回一趟家了。他把这事儿详细地给母亲和芸香说了。

妈妈听后问："那你把那个卖农机的公司交给谁了？"郭万有说："当家的还是你儿子我啊！至于具体采购营销财务各有人负责，妈你不知道，狗食他们几个对我对公司都很忠心的，干工作都很卖力气，公司这几年的业绩很好，要不是他们几个鼎力相助，你儿子能有今天的成绩嘛！所以有他们这一帮好兄弟我很放心，您也就不必再为我担忧。"妈妈依然忧心忡忡的样子，半晌才又说："儿呀，老人们常说，家宽不在业大，妻贤不在貌美。按说你一个穷种地的，能有那么大的一家农机公司已经不错了，人为吃穿，鸟为食亡，你说咱们家现在不缺吃不少穿的，你又干吗搞那么大的事业，操那么多的闲心？只要咱们娘儿们都健健康康，平平安安就是最大的福气啊！你这么争强好胜的在外面闯荡，妈妈能不担心吗？"

听到这儿，水香说："姨娘，您就别担心了，您不知道，我姐夫在咱们县上已经成了大名人了，县委书记和县长都经常接见他呢！他今年也被评为县里的优秀农民企业家、省级劳动模范、市级创业致富带头人，啊呀，您不知道，他那办公室里挂满了奖状呢！"水香连说带比画，把姨娘逗笑了，她很有兴趣地问水香："你说的可都是真的？"水香说："真的，谁敢骗您老人家？""哦！这么说我儿子还挺能的么！"听了这话一家人都开心地笑了。

郭万有看着妈妈开心的样子，心里也很高兴，说实话，这么多年来，他很少看到妈妈这样高兴过，他的成功能让年迈的母亲心里有说不出的骄傲和满足，这是他作为儿子对母亲最好的报答。妈妈中年守寡，含辛茹苦几十年，终于看到儿子有了成就的这一天，再不像以前那样为一家人的衣食而忧心如焚。但是郭万有觉得他还做得很不够，这些年来，他多在外，少在家，家里的一切都是妈妈和芸香在忙碌。没有妈妈和芸香给他做后盾，支持和鼓励他，他肯定是不会有现在的成绩。想到这里他索性将自己的打算和已经准备干的事情都告诉妈妈与芸香。他亲热地往妈妈跟前挪了挪说："妈，我还准备干几件事情，我准备在咱们镇子上办一家建材厂，这已经和镇政府达成了协议，镇政府出场地，我出资金，现在已经开始征地建厂了，估计两个月以后就可以开工了。我在房地产开发公司下属设了一个装修公司，这样从房地产开发建设到房屋的装修就可以做到一条龙服务，用户一拿到房屋钥匙就可以搬家住进去了。还有……"说到这儿妈妈打断了他的话。妈妈笑着说："啊呀！你说了这么多，哪一样不得花钱，花大钱，儿子哎！你有那么多的钱吗？再说你也没念多少书，搞那么多的公司啊厂子你一个人能管得过来吗？""妈啊！这您就放心！您儿子能管的过来，您不知道这几年我自学了许多企业管理方面的知识。不是说没有金刚钻不揽瓷器活嘛！周转资金可以从银行贷款的啊！"郭万有说得振振有词，神采飞扬。妈妈却听不大懂，看着眼前的儿子，她感觉既熟悉又陌生，她自己心里嘀咕：这就是自己以前那个沉默寡言、腼腆懦弱的放羊的儿子吗？想不到出去在外面闯荡了七八年时间，儿子变了，变的连她也好像不认识似的，他长大了，他已经长成了一个可以让她依赖，让她自豪，让她欣慰，可以顶门立户的男子汉。儿子现在干的都是大事，她虽然弄不明白儿子是怎么把自己的事业干到今天这样的地步，可是她相信自己的儿子能白手起家取得现在的成绩，那以后的路一定会越来越宽，越来越好走，因为他已经有了一个很不错的开端。万事开头难，既然已经创出了一番天地，那以后就不必再为他担惊受怕，放手让儿子去干他所喜欢做的事吧。作为妈妈，在她有生之年，在她力所能及的情况下，尽量帮助儿子和儿媳做好家务，带好孙子，解除他们的后顾之忧。儿子有出息，儿媳很孝顺，作为老人，她现在觉得没有什么不满足的地方。

想到这里，妈妈说："儿呀！你干的都是大事情，你给妈说妈也听不大懂，你的事情以后妈也就放心了，只是一件，不要忙坏了身子。"郭万有说："放心吧妈！你儿子现在是只动一动脑子，动一动嘴巴，已经很少动手干体力活了，联系业务跑一跑路，就连开车也有司机，没啥可劳累的。以后我的企业要走出去，到市里，省里甚至外省开展业务，有机会我会带你和芸香出去看看外面的风景。"芸香听了瞪了丈夫一眼，说："得了吧，别吹大话，哄着妈和我高兴呢！""我给妈和你说的话哪一句没有兑现？"郭万有转过脸看着芸香，似乎有些生气地说："我在县城把房子买下了，让你和妈去住，可你和妈舍不得家里的几亩地和这个院子，甘愿在家里辛苦，你说我这么辛辛苦苦地在外面拼，为了啥？还不是为你和妈过得舒服一点儿吗？现在又不是没有这个条件，干吗还要在家里种地喂猪？也弄得我两头跑，顾了这头顾不了那头。"芸香说："你是在外面做生意，开工厂，我一样也不会，帮不上忙，坐在城里没事儿干，心慌意乱的，无聊死了。再说我和妈给你守着这个家，万一你在外面混不下去了回来也好有个自己的去处啊！"妈听到这里也说："你媳妇儿说得对，我娘儿俩把这个家守住，咱们到底是农民，不能丢了根本啊！"郭万有为此事已经不止一次跟妈妈和芸香争执，今晚听了这番话只是苦笑一下而已，拿她娘儿俩一点儿办法都没有。不知道为什么在这件事上妈妈和芸香都那么的固执己见，不听他的安排，这真让他很无奈。

时间过得很快，一家人在一起说说笑笑不觉已到深夜。在妈妈的再三催促下，郭万有和芸香才抱上孩子回自己房里休息了。

妈妈和水香一起睡，睡下后，熄了灯，妈妈又和水香说了许多话，与水香的交谈中妈妈得知水香现在也有了男朋友，是她的同学，今年也大学毕业了，工作也找到本地。还知道水香男朋友的爸爸就是县里的周副县长，妈妈是县文化馆的干部，老人家暗自佩服水香这孩子不但人长得俊，眼力也不差啊！以后一定是个很有出息的女子。她心里为自己的姐姐高兴，姐姐的几个孩子都很优秀，大儿子在万有的农机公司里担任销售部经理。干的也很不错，她常常听见万有在夸他呢！

夜已经很深很深了，水香也睡着了，可是妈妈却没了睡意，七十年的人生路，有过多少生离死别，有过多少悲欢离合，走过多少坎坷路，流下多少辛酸泪，好不容易走到现在，这一幕一幕就像过电影一样在她的脑海里浮现，使他辗转反侧，久久难以入眠。

六

光阴匆匆，转眼又过去了十年时间，郭万有的企业在艰难中缓步发展，房地产开发公司已经成为一家规模很大的企业，业务也拓展到市里和省城。从业员工多达一千五百人。农机销售维修服务公司也有了很大的发展，市里和邻近的几个市县都有他们下属的分公司，经营范围也相应地增加了许多，现在不但经营农业机械，而且也出售汽车、推土机、大中小型挖掘机、装载机、铲车等工程机械。为了在管理上更规范化，专业化，郭万有这几年动了不少脑筋，做出了许多重大的取舍，他一次又一次地"挥泪斩马谡"，将那几个跟随自己多年，风里雨里闯天下，但却没有什么文化水平已经不适应现代化企业管理的老哥们从领导岗位上换了下来，给了他们一份儿舒适而优厚的待遇，让他们各自干一些力所能及的事情，让贤给那些有专业知识，有开拓精神的年轻人挑大梁，甚至当领导，大胆地培养和使用新人，现在像财务、项目、营销等科室的一把手都是年轻人。

这些专业人才的引进使郭万有的企业如虎添翼，走上了现代化大企业的康庄大道。跻身于本市乃至本省知名企业的行列。

谢雅芳就是六年前来他们公司的大学生。现在任房地产开发公司的经理。玉香也是同年来他们公司的，现在已经成为郭万有的左膀右臂，现任总公司副总经理，主管日常业务。这些具有专业知识的人才对郭万有的帮助非常大，自从这些人加入到他的公司，并委以重任后，郭万有感到自己肩上的担子减轻了许多。现在公司的大部分管理机构的负责人都是具有本科学历。

说起谢雅芳还有一段故事，在这里有必要顺便告诉大家。

七年前，郭万有在街上碰上了自己上学时的音乐和美术老师，她现在已经病退在家，这就是谢雅芳的妈妈。那天是谢老师先认出的郭万有，谢老师现在看上去已经是满脸沧桑，头发也大部分变白了，身子有点儿佝偻，和以前给他们当老师的时候简直判若两人。当时谢老师站在他面前，仔细地端详着他，然后惊奇地问："你是郭万有吗？"郭万有并不感到意外，因为认识他但他不认识的人挺多的，这样的事情这些年他会时不时地遇到，所以郭万有回答："是啊！"谢老师听了伸手一把抓住他的手说："啊呀！真的是你啊！这么多年没有见面了，要不是我经常在电视新闻里看到你，今天打死也认不出你来。"郭万有这才仔细地打量站在自己面前的这位老人，愣了好大一会儿也没有想起她是谁，便疑惑地问："您是……"谢老师知道郭万有认不出是她，赶紧说："我就是给你教过书的谢婉莹啊！""哦！是谢老师啊！您看我一时都没想起是您。"郭万有双手紧紧地握住谢老师的手说："您还好吧？""好啊！好啊！"谢老师摇着郭万有的手说。

相互寒暄问候几句后，谢老师笑着说："万有啊！这么多年了，我有些话一直想要对你说，可苦于没有机会，你看我家离这儿不远，到家里坐坐吧？"看着老师祈求的眼神郭万有此刻实在不好推脱，就说："那好吧。"转身叫过身后的司机小王，搀扶着谢老师走到停在不远处的车旁边，郭万有上前拉开车门，扶着老师上了车，然后自己才上车，坐在谢老师旁边，给司机使了个眼色，司机小王人非常机灵，他知道郭万有的意图，转身快步跑进附近的商贸大楼，时间不大，提着几盒包装精美的礼品回到车里，一溜烟驶向教育局家属院。

谢老师的家在一楼，房子虽然不大，但收拾得很干净，小王把东西放下后，就推脱有事情，转身走了。留下他们师生二人好说话。

交谈中郭万有才知道谢老师不到四十岁就和丈夫离婚了，这么多年她没有再婚，一直和女儿谢雅芳相依为命。雅芳马上就要大学毕业，老师为女儿的工作问题犯愁，郭万有说："这事儿您不必操心，您说她学的专业是土木工程，如果她不嫌弃我们公司是私营企业的话，毕业后就来我们公司上班，我们公司也正好缺这样的专业技术人才呢。我一定会重用她的。"谢老师对此很满意，并嘱咐郭万有，这事儿就这样定了。外地也可以找到不错的工作，就是自己年纪大了，又有风湿病，身边没人照顾，女儿不放心，所以女儿早就决定毕业后回到本地工作。郭万有对老师的这点要求满口答应。

　　谢老师又站起来，坐到郭万有旁边，拉住郭万有的双手满脸歉意地说："万有啊，今天把你叫到家里来，主要还不是为女儿的事情，有一件事情，这么多年了我一直装在心里，给谁也没说过，可我愧疚啊。要是我不把这件事给你当面说清，并向你道歉的话，我到死都不会安心的。"郭万有感到万分诧异，问："老师，有话您就说吧，我听着呢。"谢老师这才说："还记得你上五年级时墙上的那幅漫画吗？那是我画的啊！那时候我还是个民办教师，可那个秃子校长太不是个人了，每天晚上都来推我的宿舍门，并吓唬说我如果不开门让他进来的话，他就不要我当老师，让我回家种地去。当时我不敢骂他，唯一的办法就是顶好宿舍的门，一句话都不跟他说。对他的行为我敢怒不敢言，实在非常气愤，一时心血来潮就偷偷地在黑板上画了那幅漫画出口气。可是后来他们不知怎么就查到你的头上，学校当时开除了你，说实话我心里很不好受，可是我要是自己承认了的话，那肯定就会丢掉饭碗，那时候我实在太喜欢老师这份职业了。万有，老师对不起你啊，我一辈子心里对你有亏欠啊！"说着谢老师拉着郭万有的手失声痛哭起来。

　　听了老师的话，郭万有如梦初醒。那是一件让他感到最耻辱、最委屈也是他一辈子最不愿意重新提及的事情，往事历历在目，往事不堪回首，那段灰暗的岁月使他幼小的心灵受到了极大的伤害，也是他初次体验到人世的冷酷与无情。这么多年来，每当他想起此事，就觉得冤屈和羞辱，但他却无法找到证明自己清白的证据与证人，今天终于知道了这件事的真相，可他此刻真的有点儿不敢相信自己的耳朵，为什么让他蒙受不白之冤的这个人不是别人，却偏偏是他最敬重的谢老师呢？说实话他暗自猜疑过许多人，可就是对谢老师连想也不曾想过，这让他觉得很难接受，然而这毕竟是事实，看着在自己面前痛哭流涕的老师，此刻他又能怎样呢？真是荒唐的年代产生荒唐的事端。他愣愣地坐在谢老师旁边，一句话也说不出口。

"万有啊！不管你能不能原谅我，我都要把这件事给你当面说清楚，这是我一辈子做下的最亏心的一件事，这么多年以来我因此很自责，也很惭愧啊！"谢老师紧紧地握着郭万有的手抽泣着说。郭万有看着面前白发皤然，憔悴孱弱的老师，感觉就像自己的亲娘，心里的万般委屈倏然间烟消云散，他双手扶起谢老师，看着谢老师的眼睛真诚地说："老师！您别难过，我能原谅您的，再说事情已经过去这么多年了，我早已经淡忘了，过去的事情就让它永远成为过去吧！您也永远是我的好老师，那个年代我们都很无奈，我这样的人在那个秃子校长看来怎么都不顺眼，即便是没有这件事，他如果想找个借口开除我，那还不容易吗？失去上学的机会那是我的命，我不会怪您的。虽然我没有读多少书，可我现在不也挺好的。反过来说当时我就算上到中学毕业还不是照样回家种地去吗？那时候招工招干能有我这样的人的份儿吗？我自己常常想，要不是我小时候受那么多的坎坷与磨难，就不可能有今天这样的成就啊！"听了郭万有的这番话，谢老师擦着眼泪说："那是啊，你就是读了大学，也不一定有今天的成就呀！是金子放到哪里它都会发光的。"

师生二人又说了许多话，谢老师要留郭万有在家里吃饭，盛情难却，郭万有和老师一起吃完饭，已经是日落时分了，郭万有这才离开谢老师家。

七

谢雅芳毕业后，就到郭万有的公司上班，郭万有非常器重她，让她在房地产开发公司任经理助理。由于她工作能力强，又有专业知识，所以公司的管理因为有了谢雅芳的好点子而井井有条，业绩也因此一路攀升。四年后，她被任命为公司经理。通过几年的合作，谢雅芳逐渐了解了郭万有的为人和办事能力。

几年后，谢婉莹老师经常会听到女儿在她面前夸赞郭万有的为人和干事的魄力。有一次女儿在吃饭的时候对她说，现在的男人像郭总经理这样有思想，有闯劲，待朋友和同事热心真诚的人真的太少了。谢老师问她怎么了？谢雅芳说："郭总经理说到的就一定会办到，从不说空话，他在会议上说，不管是谁，只要是他为公司出谋划策，打拼追杀，即便是闯下乱子，功归于个人，过错由他一人承担，让我们都放心大胆地去干。前些天我们公司因为征地的事儿和城郊三组的农民发生纠纷，眼看就要动起手来，幸亏郭总经理及时赶到，他让我们都退到一边，自己一个人站在这些群情激奋，怒不可遏的人群前面，大声说：'我就是郭万有，怎么了？你们想撕毁合同？你们想打架？要打你们就打我郭万有，没有他们的事儿，我是当家的，但是你们想撕毁已经签订的征地合同，没有商量的余地，打吧！打啊！哈哈！怎么不打？请你们大家都不要听从几个地痞流氓的蛊惑，欺行霸市，漫天要价，说实话你们今天在这里聚众斗殴，干扰我们工程队如期开工，你们这就是在犯法！知道吗？谁要是打伤我们的职工，谁就要负法律责任，今天你们就是打死我郭万有，也绝不会多给你们一分钱。来啊！谁有气谁就冲着我来，是文是武，要打要骂，我郭万有奉陪到底。'结果你猜怎么样？没有一个人敢上前，过了一会儿就一个一个都转身溜掉了。"谢婉莹听了女儿的话，笑着说："呵呵！这小郭还真是个亡命徒啊！"女儿不满妈妈的话，白了母亲一眼，谢老师打趣道："这么多天以来，我怎么就一直听我女儿说郭万有的好话，长这么大我还从没发现过你对哪一个男人这么崇拜过，我还怕你因为瞧不起你爸爸而对天下的男人有所偏见，看来妈妈的担心是多余的啊！"女儿站起身擦擦嘴，提上包儿走了。临出门给了母亲一个诡秘而意味深长的微笑。

几个月之后，谢婉莹发现女儿有点不对劲儿，食欲不振，精神萎靡，吃不下几口饭就跑进卫生间呕吐，问她怎么了，她支支吾吾，推说自己胃上有毛病，总犯恶心，让她去医院看看她说没事儿，过几天就会好的。都是女人，妈妈很快就明白了这是怎么一回事。

礼拜六吃饭时女儿的"旧病"又犯了，谢婉莹等女儿从卫生间出来，沉着脸问女儿："雅芳，你是怎么回事？还不给妈妈说实话？"谢雅芳红着脸笑了，她撒娇地坐在妈妈跟前，抓住妈妈的手说："妈，我……我好像有了。""啊？"谢婉莹一听女儿的话，惊讶地站起来盯着女儿看了好大一会儿才说："是真的吗？没发现你谈朋友怎么就……"

过了好一阵谢婉莹慢慢平静下来，是啊，女儿也不小了，快三十的人了，早到谈婚论嫁的时候了，自己和她这样的年纪时雅芳都已经好几岁了。考虑再三她觉得不应该在这个问题上过多地责怪女儿，女儿有了自己的意中人当妈的也高兴，这些年她也为女儿的终身大事操心。可现在女儿有孕在身，男朋友是谁她作为母亲总应该知道吧？想到这里，她又慢慢地坐回到女儿旁边，拉着女儿的手问："你真的怀孕了？"女儿点点头，低声说："已经快两个月了。""那总应该让妈妈知道你男朋友是谁啊？"谢婉莹很想知道女儿肚子里的孩子到底是谁的，直截了当地问。谢雅芳抬起头，看着妈妈说："给您说了，您不能告诉第二个人！"妈妈笑着说："迟早总得让人知道的！男大当婚女大当嫁古之常理，有啥不可以给人说的？"女儿撒娇一样地头低到妈妈的胸前说："不！如果不答应替我保密我就不说。"谢老师无奈只好说："行行行，我的姑奶奶，你就说吧，急死妈了。"谢雅芳这才面红耳赤地说："是……是郭总经理的。"

"啊！郭万有？"

"嗯。"

听了女儿的话，谢婉莹感到很意外，这些天以来，她感到雅芳有些不大对劲儿，她一个人在雅芳的同事和朋友里猜想这个又猜想那个，但唯独没有想到会是他，这让她难以接受，人家是有妻子女儿的人，我的女儿怎么会这样糊涂不懂事儿呢？她一辈子最瞧不起这样的女人，破坏人家和谐美满的家庭，这还是人干的事儿吗？想到这里谢婉莹不觉满肚子火气，她一下子推开女儿的手，站起来大声训斥道："雅芳，你好糊涂，人家是有家室的男人，你怎么会做出这样的傻事儿呢？还有脸说呢？赶快将肚子里的孩子拿掉，从此和他断绝这种不正当的关系。"谢雅芳听了母亲的话，站起来坚决地说："我不，我就要把这个孩子生下来，他是我俩爱情的……""胡说，什么爱情？"谢婉莹很生气，打断女儿的话，"你不要脸，我还要脸呢！亏你还是受过高等教育的人，连这一点起码的道德都没有，还说什么爱情？人家是有妇之夫，你知道你的这种行为意味着什么吗？如果你执迷不悟，还这样固执己见，对你们两个人都不好，甚至会身败名裂的你知道吗？都说男人有钱就学坏，我没想到郭万有也是这样的人，真让我寒心。""不！妈妈您误会他了，他不是那样的人。"谢雅芳辩解道："妈妈！您不知道我有多爱他，之所以这样，都是我的原因，您不能怪他啊！"谢婉莹大声说："都已经这样了，还不能怪他，难道怪我不成？就冲这件事情，我看他也不是个什么好东西。"谢雅芳上前双手扶住气得发抖的妈妈，劝慰道："妈妈您别太生气，您坐下来听我慢慢给您说。"谢婉莹一甩手挣脱了女儿说："我不想听。"转身进了卧室。

过了几天，谢婉莹的情绪稍微平静下来，雅芳逮住机会坐在妈妈旁边，详细地给妈妈讲述了她是怎样爱上郭万有的。

自从进了郭万有的公司工作以来，在相互的接触中她逐渐地了解了郭万有的为人，并且对他有了好感。说实话谢雅芳也是见过世面的人，她不会轻易地爱上一个男人，上大学时，有多少同学都追求她，虽然他们大多都非常优秀，但是接触一段时间后，谢雅芳就会发现这样的人并不适合自己，他们不是自己心目中理想的人选，一直到大学毕业也没有谈过恋爱。去郭万有的公司工作以后，因为她很忙，也没有急于考虑个人的婚姻问题。她想人应该以事业为重，先干好自己的工作，感情的问题要看缘分，有缘有分自然会水到渠成，不能刻意去追求。抱着这样的心态她将自己的工作干的非常出色，经常会受到公司的表彰和奖励，她也因此很快被破格提拔当上了房地产公司的经理，她没有为此而沾沾自喜，只感到自己肩上的担子更重了。她暗自发誓一定要干好这份工作，不辜负公司领导对她的信任与重用。

但是随着时间的流逝和业务上的往来，她慢慢发现自己喜欢上了郭万有，喜欢他干大事业的魄力，更喜欢他宽厚大气，诚实守信的品格，也喜欢他举止文雅，虚怀若谷，成竹在胸的那种企业家的翩翩风度。但是她只能将自己这份无法启齿的爱意深深地埋在心底，没有对任何人说过，包括自己最亲近的妈妈，她时常一个人问自己，我有权利爱他吗？虽然他年龄比自己大几岁，也早已经有了妻子和孩子，如果自己把心里的话说给郭万有，他能接受自己吗？那样做的后果会怎样？每当想起这些，她心里非常矛盾。但是感情是不能自已的，也是难以克制和欺骗的。她的这种爱已经在自己感情的沃土上生根发芽，每当郭万有出现在她的视线里她就会不由自主多看他几眼，与郭总在一起的时候虽然和他大多谈的是工作上和公司里的事情，但是她感到很幸福，每一次去郭总的办公室她都会特别注意自己的形象，换一件自己认为漂亮得体的衣服，站在镜子前面补一下妆，进去后不由自主地多谈一会儿，多坐一会儿。

那是两年前，郭总因车祸磕破了头，住进了医院，郭万有怕母亲知道了担心，嘱咐别告诉家里人，反正伤势不重，过几天就可以出院，让司机小王和玉香照顾。谢雅芳白天忙工作，晚上她就跑到医院换回小王和玉香，自己照顾郭总。郭总睡着了，她就坐在病床边的椅子上打个盹儿，郭总醒来了，她给他倒水喂药，陪他聊天，郭总住了一个礼拜的医院，她陪伴郭总度过了六个夜晚。也就是那一次她才算真正有时间和郭总谈了许多除过工作之外的家常话，了解了郭总的家庭情况，最后她风趣地总结郭总，您是有婚姻而没有爱情啊！难道你自己不觉得这是人生的一大缺憾吗？郭总听后长叹一声说："不如意事常八九，能与人言只二三啊！缺憾的不仅仅是没有你们所谓的爱情，更让我觉得缺憾的不是没有爱情，而是没有儿子啊！我们郭家三代单传，可到了我这一代连一个儿子都没有，虽然我们还年轻，可是由于妻子已经不能再生育了，也就不可能再有儿子了，人常说不孝有三，无后为大，我郭万有真是个彻头彻尾的不孝之子啊！雅芳，你说我现在还缺什么？不就缺一个儿子吗？可这对我来说比登天都难啊！即便我有百万家产也换不来一个顶门立户的儿子啊！"说到这里，郭万有眼圈儿红了，一串眼泪流出了眼角。谢雅芳替他擦擦，心里也感到很酸楚，不觉也泪眼蒙胧。过了好大一会儿郭万有又说："不过我姐，哦！就是我们家芸香对我妈妈非常孝顺，对我也挺好，我那时候是一个放羊娃，当时她没有嫌弃我，和我结婚，一心一意和我过日子，现在我就是有多大的能力，多大的本事也不能做对不起芸香的事情，我这辈子就认命了。"

沉默了好大一阵子，谢雅芳问郭万有："郭总，你看我这个人怎么样？"郭万有笑着说："你很优秀啊！有学识，有能力，人长得又漂亮，是个才貌双全的女强人，哈哈！这还用问吗？这些年你帮我干成了许多大事，我很赞赏你的。"谢雅芳又问："难道就仅此而已吗？"郭万有疑惑地看着她说："是啊？"谢雅芳不觉脸红红的，她低下头，停了片刻，终于鼓起勇气说："你……你知道我为什么要天天跑来照顾你吗？因为我喜欢和你在一起，难道你就一点儿没有意识到我对你的每一个眼神，每一分情意吗？今天你就给我说句心里话，你喜欢我吗？""啊？"郭万有不知说什么。谢雅芳不等他说下去，又接着说："你是我心目中最优秀最理想的男人，说实话，我非常喜欢你，你知道吗？我已经暗恋你好长时间了，只是没有机会向你表白我的心意，我……我很爱你很爱你呀！郭总啊，你让我期待得好苦好苦，可是你对我的良苦用心为什么总是感觉不到呢？"说着她双手紧紧地握住郭万有的手，头低在郭万有的怀里哭了。

谢雅芳说出自己多少日子以来想给郭万有说的话，心里猛然感到轻松了许多，她要把自己淤积在心底的那份渴盼与思恋用泪水表达出来，所以她哭得淋漓尽致，哭得天昏地暗，任凭郭万有怎么挣扎她也不松开自己的双手，她想紧紧地握住这双温暖的大手一辈子不想放开。

等到她的情绪平静下来，郭万有才说："你这样的女人，作为一个男人我怎么会不喜欢呢？可是我没有资格喜欢你，更不敢说爱你的话了。"谢雅芳疯了似的又一次抓住他的手说："爱是不需要说出理由的，我都三十岁的人了，还不知道这个道理吗？我很爱你，这是我不能欺骗自己的事实，只要你不讨厌我，喜欢我的话，你就让我爱你吧！我知道你有婚姻有家室，可是那不等于爱情，我不需要你给我什么承诺，也不需要你给我啥名分，我只要你让我爱你就够了，好么？"

感受着她这份火一样熊熊燃烧的激情，看着她那双祈求的眼神，郭万有坐起来，反手紧紧地握住谢雅芳的手，心潮起伏，一句话也说不出来。谢雅芳也顺势一抬腿坐在病床边，轻轻地依偎在他的身旁，他那双微微发抖的手紧紧地握着她，好像有一股强大的电流传遍她的全身顿时让她感到浑身发热发烫，此刻她仿佛能听见郭万有那怦怦地心跳声，他那温热的呼吸悠悠地掠过她的发梢，使谢雅芳第一次感到自己心爱的男人的气息原来让她那样的陶醉那样的惬意和幸福，她好像觉得自己会融化在这股气息里，随着他的呼吸会进入他的五脏六腑，和他融为一体，走进那个自己期盼已久的温馨缠绵的天堂。

突然，郭万有一把推开她，喃喃地说："雅芳，对不起，我不能这样，虽然我也很……很喜欢你，甚至爱……爱你，可是这样会害了你，再说这种偷偷摸摸的事儿，我不愿意干的。"听了他的话，谢雅芳感到天旋地转，眼前发黑，仿佛一下子从天堂掉进地狱，她手扶着床栏久久地站着，脑子里一片空白，心里的那份失落让她万念俱灰。她此时感到人活着简直是一种罪过，一种冰与火的折磨。

郭万有康复出院了，可谢雅芳却病倒了，一连几天没来上班，公司的许多事情都等着她来处理。郭万有急得团团转，他让玉香打电话问问，玉香说她上班前到雅芳家里去过，她确实病得很重，烧得很厉害，嘴里一个劲儿说胡话，她妈妈很着急，让她去医院，自己说什么都不去，要不你过去看看吧，雅芳最听你的话了，或许你过去说说她会去医院接受治疗的，说着玉香意味深长地瞪了郭万有一眼，一转身走了。

玉香和谢雅芳是无话不谈的好朋友，郭万有看玉香的眼神，似有许多难以言说的原委，郭万有坐在自己大办公桌前，想起雅芳那天晚上给自己说的那番话，不觉有所顿悟，莫非她是……想到这里，他再也坐不住了，急匆匆地下了楼，没叫司机，一个人步行去了谢雅芳家。

因为谢老师不在家，所以郭万有敲了很久的门才见谢雅芳披散着满头的长发，面容憔悴，精神颓废，趿拉着拖鞋从卧室出来开门，冷冷地说："你来干吗？"郭万有边往里走边说："你不是有病嘛，过来看看你，公司还有急事等着你回来处理呢！"谢雅芳微微苦笑一下说："你就知道公司的事情重要，我都快死的人了，还顾得上那些闲事。"郭万有笑笑说："听你说啥呢，一点儿小病至于吗？赶快去医院看看，不能这样拖着呀。""我是有病，可这病自己知道不是医生能治好的。"谢雅芳说到这里有些激动，她看着郭万有一字一顿地说："治好我这病的人，世界上就只有一个人，那就是你，那天晚上对你说的是我的真心话，可你让我很失望，没想到你这个人在感情上很虚伪，你说我们现在都不是小孩子了，为什么你不能正视和尊重自己的感情？我是个敢作敢为，敢爱敢恨的女人，我谢雅芳这辈子还就非你不嫁，我宁可做一个真实的鬼，也不愿意做一个虚伪的人。如果你不想让我去死，还想让我在公司替你卖力，那你就答应我，这样的话明天我就可以上班，否则，恐怕你再也没有机会见到我了。你不要以为我是在吓唬你，逼迫你，我的性格你是了解的，我说到的就一定能做到。""这……"郭万有听了她的话只说了一个字就让谢雅芳伸手堵住了他的嘴，她坐在郭万有的身边继续说："你先别说，让我把话说完，既然来了你就应该给我一个明确的答复，我说过，我不要你对我承诺什么，也没有必要给我什么名分，这是你自己的事情，我需要的是一份真实的感情，而不是一个虚伪的婚姻，现在我就听你说行还是不行？"

郭万有此刻看着眼前的这个女人，一时不知所措，说心里话，不论是她的为人，她的长相还是她干事创业的能力，他都很满意也很喜欢，可自己压根儿就对她没产生过非分之想，自己也常常说谁要是能娶到谢雅芳做老婆就是世界上最幸福的男人，然而此时此刻他终于明白雅芳对自己爱的刻骨铭心，爱得死去活来，这难道不是一个男人的荣幸与成功之处吗？如果自己今天拒绝了雅芳，万一她有什么三长两短，即便是没人知道事情的真相，可他一辈子就要在自责与悔恨当中度过，他不能眼睁睁地看着一个深爱自己，自己也非常喜欢的女人就这样毁在自己的手里，这样的话对自己来说简直是生不如死。堂堂七尺男儿，难道就不敢面对现实？难道就没有勇气接受这份可遇而不可求的真爱？想到这里他一把抓住谢雅芳的手，看着雅芳的眼睛点了点头，说："我答应你，雅芳！其实我何尝不爱……""没有那么多可是，"谢雅芳打断他的话，激动地说，"这就够了，这就够了。"说着就一下子扑倒在郭万有的怀里，伸出双臂紧紧地抱住他，泪流满面地吻着他的脸，吻着他的唇……

第二天，谢雅芳就和往常一样早早地来公司上班了。

为了争取到市里东苑居民小区的工程项目，郭万有和谢雅芳费了好大的周折总算把这项大工程承揽下来。在项目签约仪式之后，请有关主管领导在市里最豪华的"仙鹤楼"大酒店吃饭，那天晚上，郭万有非常高兴，他频频和领导们碰杯豪饮，真诚感谢各位的"关照"之恩，十多杯五粮液下肚后，不觉醉眼蒙眬，语无伦次，头重脚轻，谢雅芳和服务员搀扶他回客房休息，扶他躺下后，不料他却酒后吐真言，对服务员说："没……没事儿，没啥事儿，我没有喝醉，小姐你可……可以回去了，她……她是我……我爱人，不是，爱……我的人啊！我……我今儿个高兴，麻烦小姐给……给你们刘经理说一声，让她今天晚上陪着我，我……好想好想她，要和她好……好说说心里话。"说着一把抓住谢雅芳的手。要她坐在自己身旁，服务员冲雅芳笑笑，一转身带上门走了。

这便是他们的第一次同居。

谢婉莹听完女儿的讲述，叹了口气说："看来你已经是无药可救了。你就等着吧！麻烦在后头呢，我看你是鬼迷心窍。"

八

一个细雨霏霏的下午，谢雅芳正在小会议室里组织房地产开发公司的干部开会，突然闯进来两个身穿警服的人，一进门便问："你们谁是谢雅芳经理？"谢雅芳站起来边让座边说："坐吧！我就是。"这两位不速之客也不坐，直截了当地说："请你跟我们去一趟市人民法院，我们有点儿事情需要你配合调查一下。"谢雅芳不解地问："什么事情？能不能等我开完会再走？"两位警察板着脸说："不行，马上走，我们的车就在楼下等着呢。什么事我们也不清楚，去了就会知道的。""哦。"谢雅芳转过身，给副经理把工作上的事情大致交代一下，拿上自己的包，急匆匆地跟着两位警察下了楼。

看着谢雅芳上了车，车上的警笛长鸣着驶出公司大院，这刺耳的声响使大家感到有些不对劲，再也没有了坐下来开会的心情。到底出了什么问题？大家你一言我一语地议论了一会儿，突然有人提议赶快把这事儿告诉郭总经理，大家一听都觉得说的对，于是拨通了郭万有的电话……

接完电话，郭万有感到有些意外，到底是什么事情？怎么提前一点儿风声都没有听到，突然就来我们公司找谢雅芳"配合调查一下"呢？人一上车就鸣响警笛？这和抓捕罪犯有什么不同？郭万有一根接一根地抽着烟，在办公室里来来回回地踱步，慢慢地他终于理出了一点儿头绪，一把抓起桌上的电话，拨通了在县检察院工作的妻妹水香的电话："喂！水香吗？你在哪里？你那儿说话方便吗？要不然你赶快到我这里来一下，我有很重要的事情要和你说。"

时间不大，水香风风火火地赶到郭万有的办公室，进门就大声嚷嚷："有啥大不了的事情还要我亲自跑一趟？姐夫你的架子越来越大了啊。"郭万有也没让她坐，站起来走到水香身边，把刚才发生的事情详细说了一遍，最后他说："你是司法系统工作的人，要不你赶快找熟人打听一下情况。"水香听了也感到非常蹊跷，她沉默片刻说："要不我给我公公先打个电话，他现在是副市长，虽然他没有主管政法工作，但打听一下消息还是比别人可靠一些。"郭万有说："行啊，反正这件事情我就托付给你，你赶快想办法给我弄清楚事情的真相。"水香点点头，站在郭万有旁边用自己的手机给公公周副市长打完电话，说："我尽量想办法，没有别的事情我就回去了，我还忙着呢。""好，你可以回去了，一有消息马上打电话给我。"郭万有看着水香带上门走了，不觉长叹一声，焦躁不安地又抽起烟来。

黄昏时分，郭万有接到周副市长打来的电话，终于知道了事情的真相。原市城建局谭局长因贪污受贿被市纪检委调查，并移送市人民法院立案审查，万有房地产公司因行贿被牵扯进去，谢雅芳已经被市法院依法拘留，案子才刚刚开始审理，估计一时半会儿出不来。

郭万有马上喊来副总经理玉香，安排了手头的工作，叫来司机小王，连夜赶往市里。

黑色的奥迪车沿着通往市里的柏油路疾驰而去。坐在车里的郭万有，看着前边车灯射出的两道光柱和被光柱撕开的淹没在夜幕中的路面，心里渐渐地有了自己的打算。

进入市区，已经是晚上九点多了，他们直奔东湖小区周副市长的家里。不巧周副市长还没回来，老婆和儿子接待了他，已经和周副市长有十多年的交情了，所以郭万有是这儿的常客，很熟悉的，也就没有那么多的客套话，进门就直截了当地说了自己连夜到访的目的。

郭万有一直把周副市长的夫人叫姨姨，姨姨很热情，听说郭万有是因为谢雅芳的事儿来的，所以就赶紧打电话给丈夫，周副市长在电话里说：他有点儿事情，不能脱身，这事儿他也帮不上啥忙，因为案子已经转到法院了，不好办，再说主办谭局长案子的珍法官自己也不认识，听说这人很"那个"，不好说话，最后他又特别叮咛郭万有，除了和谭局长有关的问题以外，别的什么也不要说，要想办法给谢雅芳说一下，一定要就事论事，不能有丝毫的题外话，这个案子市委市政府非常重视，千万不能乱说的。

郭万有接完电话，似乎从周副市长简短的话语里领会了许多，看来自己还是有点儿幼稚，指望他们"帮忙"的可能性不大，原准备找主管政法工作的市委李副书记，还有经常来他们公司考察工作的主管经济工作的副市长的打算顿时全都打消了。求人不如求己，俗话说佛喜烧香不喜问卦，不就那么点事儿嘛？也不至于枪毙吧！郭万有没有多坐起身下了楼，走到院子里，猛然感觉到有几分凉意，哦，已经过了秋分的节气了。上车后小王问："去李书记家？还是？""哪里都不去了，直接回仙鹤楼休息。"郭万有无精打采地说。

第二天早上一上班，郭万有就来到市人民法院，找到了经办谭局长这个案子的法官珍为民。一进门就做自我介绍，珍法官站起来和他握手，说："你就是大名鼎鼎的郭万有啊！你的情况我们基本也了解一些，你还有什么请坐下来谈吧。"郭万有坐在珍法官对面的沙发上，开门见山地说："既然您知道一些我的情况，我就不再啰唆了，你看我的企业是我私人的公司，其实啥也是我一个人当家的，虽然说我们的房地产开发公司有行贿的嫌疑，但是那也不是开发公司经理的过错，都是我的主意，我干的事儿我知道，我也没啥可隐瞒的，二十万元的支票是我亲自交到谭局长手里的，还有那套一百二十平方米住宅楼的钥匙也是我亲自给谭局长的，与谢雅芳没有任何关系，这个你们如果不相信我说的话，可以问一问谭局长，当时他的夫人也在场。你们搞司法工作，凡事讲求证据，我相信你们会弄清楚事情的真相的，尽快释放谢雅芳，不要冤枉好人，如果有什么刑事责任，那也应该由我来承担。"

听了郭万有的这一席话，珍法官站起来走到郭万有旁边，笑着说："你这人倒是个痛快人啊，我没问你，你什么都说了，和我们掌握的情况基本吻合，可是谢雅芳昨天也对这些供认不讳。还有一件事，就是你们县城郊三组的农民上告你们公司强行征地的问题。"郭万有说："这是有上级主管部门批文的，价格也是和他们村干部研究决定的，我认为这完全是合理合法的，不存在一点儿问题。"珍法官又说："这样吧，你回去，谁是谁非我们一定会尽快搞清楚的，请你相信我们不会冤枉好人，也不会放过一个有问题的人。留下你的电话，以便我们随时和你联系。"

郭万有站起来把自己的手机号写给珍法官，说："既然这样，你们就尽快让谢雅芳回去吧，她家里还有个重病在身的老母亲没人照顾呢，我就住在市里，你们如果有什么事情就给我打电话，我会马上赶来的，我一定全力配合你们的工作，请你相信我。"

珍法官说："好！我相信，那你走吧，我还要开会。"

走出法院的大门，郭万有突然感觉到有点儿饿了，这才想起从昨天下午到现在自己连一口水也没喝。

六天后的下午，谢雅芳回家了，然而郭万有也在同一时间被送进了看守所。水香和谢雅芳托人请来全市最有名气的律师帮郭万有打官司，然而出人意料的是郭万有却一口回绝，说没这个必要，水香和谢雅芳等公司的人只能干着急却没有一点儿办法。

半年以后，案子有了终结，郭万有因行贿罪被判处有期徒刑一年零六个月，送到三十多年以前父亲曾经劳改过的劳改农场劳动改造。

临走，郭万有用书信的方式任命玉香为公司总经理，谢雅芳兼任公司副总经理，其他人事不作调整，嘱咐全公司员工，不要因为自己的事情而影响工作，一如既往，恪尽职守，加强管理，他不在的这一段日子，公司的经济效益以及职工福利待遇只能上升不能下滑。

九

郭万有走后，为了照顾芸香和郭万有的老母亲，谢雅芳先把在村小学六年级上学的招弟转进县城第一小学，然后和水香、玉香三个人费了好大的口舌，把芸香婆媳俩接到县城，住进了郭万有早为她们准备好的那座小四合院里。所有家具、被褥以及灶具都是谢雅芳亲自购买的。郭万有每月的工资也都是谢雅芳亲自领回来交给芸香。

谢雅芳和玉香几乎每天下班都先到芸香这里，买来蔬菜、水果以及一些日用品，有时候就在芸香这边吃饭，陪老妈妈聊天，为了给招弟补习功课，有时候谢雅芳干脆晚上就和招弟住在一张床上。不知道内情的人看上去准以为谢雅芳原本就是招弟的亲姨姨。不觉几个月过去，在招弟的心里，谢雅芳这位阿姨甚至比水香、玉香两个姨妈还亲。

郭万有的老母亲也经常对芸香说："雅芳这个丫头真好，人家不愧是知书达理的人，对咱娘儿们这么关心体贴，等万有回来，一定要给他说说，要他好好感谢人家，不能亏待了她啊！"

时间长了，芸香发现了谢雅芳的身子有点儿现形，一天晚上，她特意留下小妹玉香，姐妹俩一直聊到后半夜。

由于在劳改农场表现特别好，郭万有提前三个月回到了家里，老妈妈猛不丁看见儿子回来，真是有点儿不敢相信自己的眼睛，用颤抖的双手拉住儿子的手久久不愿松开，激动的老泪纵横，泣不成声。一家人久别重逢，自然非常高兴。晚上水香和玉香听说姐夫回来，一下班就到这边来，还有公司的一大帮朋友都陆陆续续地来了，芸香准备了丰盛的晚饭，他们大家边吃饭边说话，不觉到晚上十一点多，水香和玉香等人这才起身离去。

收拾完厨房里的碗筷，芸香铺好自己屋里的被褥后，走进客厅对郭万有说："看你的脸色，很累了，快睡觉吧！"妈妈也说："你媳妇说的对，早点回屋去歇着吧！"郭万有站起来笑着说："那好吧，妈也累了，我们都休息吧！"说完起身搀扶妈妈走进卧室，等妈妈上床后，他这才回到芸香的屋里。

芸香等郭万有洗完澡，给他拾掇好第二天换穿的衣服后说："你睡吧，我过去和女儿睡。"郭万有看着芸香，不解地问："怎么了？不和我睡。""嗯，你先休息吧！我有话明天给你说。"说完一转身带上门头也不回地走了。郭万有悻悻地一个人上床睡了，抱着妻子的枕头嗅到她身上那股特有的清淡诱人的体香味儿，觉得既熟悉又有点儿陌生，哦，已经很长时间没有闻到过这种味道了，突然他感到自己非常地想姐姐，想的他一点儿瞌睡都没有了，要不是女儿已经十多岁了，他真想爬起来马上跑过去，就算什么事儿都没有，他感到睡在姐姐的身旁也是那么的踏实，那么的酣畅。不知怎么，他隐约感到姐姐已经离自己很远很远，或许一辈子都再也没有肌肤之亲的机会了，辗转反侧，孤枕难眠，夜，长的就像一条永远无法走到尽头的路……

第二天吃罢早餐，芸香对妈妈和丈夫说："有一件事情，今天当着妈妈的面，我要给招弟她爸说说。"郭万有看着芸香笑着说："有啥可说的还这么正经八百的？"妈妈也笑笑说："那就让她说嘛！"儿子终于盼回来了，妈妈今天心情特别好。不料芸香却说出了一句出乎意料的话，她好像不相信自己的耳朵，侧着脸又一次问芸香："你说啥呢，啊？"芸香又说："妈，我要跟万有离婚。""啊？胡说。"妈妈听了芸香的话吃惊地瞪大眼睛注视着芸香，好像不认识似的。"嗯！我已经决定了。"芸香口气很坚决。郭万有抬起头盯着芸香说："我刚回来，你就要和我离婚，这到底为啥吗？""为啥，你说为啥？哼，自己做得好事儿还假装不知道？你真行啊你，你把我当瓜子了？你以为我啥都不知道？还有脸问我？"自从进了郭家的门芸香还是第一次用这样的口气跟丈夫说话，她脸红脖子粗地看着郭万有愤愤地说："你给我听着，今天我把话撂在这儿，你郭万有现在有出息了，长本事了，有钱了，我芸香配不上你，我也不会死缠着你不放，现在你不想要我了，那你为啥不早说？不就一句话嘛，自从我嫁给你，我就把你当作我的天，我的神，一心一意和你过日子，我爱你胜过爱我自己，可你倒好，瞒着我和别的女人鬼混，既然这样，我还守着你有啥意思？好啊，我就放你一马，咱俩马上就办手续，我芸香就是带着女儿乞讨要饭过日子也不会连累你的，你放心吧。""你误会我了，可我……我从来就没有想过要跟你离婚啊！"郭万有涨红着脸，像个做错事的孩子一样低下头结结巴巴地说。"哼！没想到和我离婚？难道你和她就这样偷偷摸摸一辈子不成？你不嫌丢人，我还觉得骚脸呢！"芸香一脸怒气地盯着郭万有说，"我芸香虽然是个一字不识的农民，可我也是个要面子的人，我可不愿意让人戳着脊梁骨说三道四。这事儿没有商量的余地，我就不难为你，离吧。离了你们不就光明正大地在一起了嘛！何苦这样不明不白的让咱们仨都难受。"

妈妈听到这里，抬起头问芸香："这到底是咋回事嘛！好好儿的咋说离就离？芸香，你不要听信别人的闲话，男人嘛，嘴馋心野，在外面摘花折柳，逢场作戏的事儿或许会有的，气头上说说也就得了，还真离啊！人常说一日夫妻百日恩，你们都十几年的夫妻了，难道还不能原谅这点过错，再说那些事儿还不知道究竟是真是假。你不要听风就是雨，娃娃都十几岁了，离啥婚嘛？丢人现眼的，这事儿我看你俩就不要再提了，过去了算了。"

听了妈妈的话，芸香哭着说："妈！我不是随便乱说的，这事儿千真万确啊！不信你问问他？"妈妈转过脸问儿子："还真有这档子事？"郭万有点了点头。

妈妈如梦方醒，她瞪眼看着儿子，半晌才一字一顿地说："你个畜牲，做下这些不要脸的事来，咋能对得起你媳妇？我真是作孽啊！养了你这么个没良心的儿子。你要是真和芸香离了，我也不活了，我没脸见我的姐姐姐夫啊！"说着妈妈也哭了。

芸香擦着眼泪，对妈妈说："妈，您不要骂他，说实话他也不容易啊！这些年他一个人在外面闯荡，不知道受过多少委屈，打也挨了、骂也受了、牢也坐了，为了啥？不就为了活得像个人样儿吗？我俩的婚姻是你们老人定下来的，我又比他大四岁，从结婚那天晚上我就感觉到他对我不是那么回事儿，现在他终于有了这份情感，这也是可遇不可求的事情，我为啥就不能舍弃我的婚姻，让我最痛爱的表弟好好活一回呢？我不恨他，也不怨你们老人，我也已经是四十岁的人了，情也有过爱也有过，我能和他做十多年的夫妻也知足了。事到如今，我不能不这样做，郭家可以没有我，但是郭家不能没有儿子啊！”

妈妈哭着说：“芸香，你傻呀！人常说田地婚姻没有让给别人的道理，你这样做也太亏待自己了，再说妈也离不开你啊！”芸香抓住妈妈的手说：“妈，只要他愿意，只要他后半辈子能幸福，我就是舍命也能办到，何况是婚姻，不管咋样，我永远都是您的媳妇，不，是您的女儿，我和他分开，不能和您也分开，我要和您相依为命，伺候您一辈子。”

听了母亲和妻子的话，郭万有扑通一声双膝跪倒在地下，声泪俱下地说：“芸香，你就原谅我吧，我说话算话，我和她断了还不行吗？你这样做让我无地自容啊。这些年，你和妈妈帮我创下这么大的家业，我就再不是人，能就这样和你离了嘛？再说我从来就没有过和你离婚的念头啊。”

芸香转过脸，怒目圆睁地吼道：“你起来，一个男人随便下跪你还是个男人嘛。事已至此，我原谅你有啥用？你能原谅你自己吗？说得轻巧，你和她断了，就这样和她断？你就忍心让没有结过婚的雅芳带着一个没有父亲的儿子过一辈子？你让她咋做人啊你？你有没有替她想想，她咋办？孩子咋办？你真没良心啊！这会儿当起了缩头乌龟，敢做不敢当。”郭万有抱头痛哭，用拳头砸着自己的脑袋，涕泪交流地说：“我该怎么办啊！姐啊你说我该怎么办？”芸香不假思索地对他说：“除了跟我离，你还能咋办？”

妈妈没有理痛哭流涕的儿子，她抓住芸香的手问：“难道就是谢雅芳？”芸香说：“是她。”“你不是说她去出差了吗？”妈妈急切地问。

芸香这才详细地给妈妈说了谢雅芳的情况。原来谢雅芳从胎儿八个月不到，就请了长假，去玉香那生孩子，已经多半年没有上班了，现在孩子已经快六个月大了，前几天，玉香拿照片给她看，孩子长得好漂亮，是个男孩，已经会坐了。

妈妈听完芸香的话，叹口气说："唉！我的天啊！"就怔怔地坐在那儿，一句话也不说。

第二天，郭万有和芸香拿回了两本离婚证书。妈妈不看也不问，睡在自己的屋里没有起来，眼泪不住地流。晚饭的时候，芸香叫妈妈吃饭，妈妈说她不想吃，她闭着眼睛对站在床边的儿子说："万有啊，你能不能给妈妈些钱？""啊？妈您要钱干吗。"这么些年来，妈妈还是第一次张口跟自己要钱，郭万有感到大惑不解。妈妈慢慢地坐起来哭着说："我要带我的芸香去看病，不治好我芸香的病，我死也不能闭上眼睛的。"说完妈妈竟然放声大哭起来。听了妈妈的话芸香也转过身哭了。

原来，芸香这一年多以来，一直感到两个乳房发痛发胀，玉香带她到县医院检查，大夫说可能是乳腺炎，吃了一段时间的药，也没有什么功效，芸香自己就不愿意再去医院看，痛得厉害了芸香就自己偷偷地吃几片止痛药，这一切妈妈看在眼里，她原准备等儿子回来带她去看看，可是谁知道他刚一回来就发生了这件意想不到的事。

郭万有一听是这事，赶紧说："妈，我明天把公司的一些事情处理一下，后天我就带她去看病。"又转过身对芸香说："你怎么不早说，不是妈说，我还不知道呢。"芸香说："又不是啥大病，你忙你的，我不去。"妈妈一听突然非常生气地流着眼泪骂儿子："你知道啥？你一年到头能在家待几天？你就知道在外面风光，把我们娘儿们一点儿都没放在心上，这些年来不是你媳妇，你能在外面人模狗样地混日子？

你老妈饿死在家里，病死在炕上你恐怕都不知道，芸香，他不去妈带你去。"

第二天吃晚饭的时候，妈妈问儿子："你明天去不去？"郭万有赔着笑脸对妈妈说："去啊！我连车都安排好了。"妈妈说："那好，我也去，顺便看看雅芳和孩子，不管咋说，孩子是我们郭家的后代。"

郭万有带着芸香跑了几家医院，最后确诊芸香患的是乳腺癌，已经到了晚期，错过了最佳的手术时间。这样的结果像晴天霹雳，让郭万有始料不及，他怎么也不能相信，怎么也不甘心，所以就将病情瞒着芸香和妈妈，随后和谢雅芳带着芸香去了北京上海的大医院治疗，虽然先后做了两次大手术，但终究没有挽留住芸香的生命，两年后，芸香在市人民医院病逝，享年四十二岁。

灵车驶进郭家庄，全村的男女老少胸佩白花，臂戴黑纱，自发地跪在村头的公路两旁，迎接他们的好媳妇、好嫂子、好婶子回家。摆在供桌上的果品点心，香火冥币，代表乡亲们的一点心意，烟雨朦胧，哭声震天。郭家庄笼罩在沉痛悲怆的气氛当中。也就是在那天，郭家庄的人才第一次见到身穿一身白色孝服的三岁男孩郭晓栋——郭万有唯一的儿子。

看着那巨大的黑色棺木被徐徐地吊入深深的墓穴，郭万有突然声嘶力竭地喊了一声"姐姐"，扑通跌倒在地，不省人事……等到他完全清醒过来，他已经在县医院的急救室里躺了将近四个小时。

十

在郭家庄，最近郭万有和张老大又成了村民们热议的话题。

前不久，郭万有在县城的一家大饭店里邀请自己公司的全体员工吃了一顿饭，开饭前他首先站起来端起酒杯给大家敬酒，三杯酒之后，他宣布了一个出人意料的决定，他将自己打拼了大半生的企业全权交给了现任公司经理玉香和副经理谢雅芳。他感谢大家这么多年来跟着他风雨同舟，艰苦创业。没有大家齐心协力地支持帮助就没有公司现在的成绩和规模。今后望大家一如既往地跟着玉香和雅芳把公司的事业做大做强，最后他眼含热泪给在座的全体员工深深地鞠了一躬，双手抱拳说："拜托大家，拜托大家！"然后端起酒杯一饮而尽……

郭万有从公司老总的位置上退了下来，毅然决然地又回到郭家庄，住进了他家那栋有点儿破旧的四合院。几天之后，他联合了村里相对而言还比较贫困的十几户村民，成立了一个农业合作社，他一个人出钱，用高出别人几倍的价钱从村民手里流转来一千多亩山坡地，其实那些山坡地近些年大多已经撂荒了。然后请来农林专家现场指导，测土配方，出主意，想办法。听说他准备在河里建水库，在山上栽树、种草、养花、种中药材，还要在村里修避暑山庄、开农家乐、盖别墅、修戏楼、搞乡村旅游开发……

现在，满头华发的郭万有成了郭家庄最忙碌的人。

也是在几天前，经过村干部的动员和村民的劝说，张老大终于同意住进镇上的敬老院。他老了，靠自己也实在难以维持他和儿子的生活了。走的那天，全村人都为他送行，说实话他很依恋生活了六十多年的村子和村子里的众乡亲，敬老院派来了一辆客货两用车来接他们父子俩，临上车他满含热泪，挥手道别的时候哽咽着对大家说："你们来镇上跟集的时候千万别忘了到我那儿浪一回，喝口水，缓一缓，拉拉家常，日子多了我会想你们大家的。"听了他这话，大家心里也很难过，有点儿不舍，摆摆手对他说："你放心，有工夫我们一定去镇上看你。"车子开出老远了，村里大多数人还直愣愣地望着那辆渐行渐远的车。

郭万有回来了，郭家庄的人都感到有几分欣喜与企盼。

张老大却走了，郭家庄的人也感到有几分失落与不舍。

天晴日暖，闲来无事，郭家庄的十几位老人总爱聚在一起，一袋旱烟苦苦地抽着，一壶浊酒辣辣地品着，一轮红日暖暖地晒着，一盘象棋悠悠地下着。你一句我一言，有一搭没一搭地聊着。一位老人突然像是自言自语也好像是在问大家："你说郭万有咋着有福不享，如今倒忙得像个风转儿一样，他这样做到底图的啥？"听了这话却没有人搭腔，只是摇着头狠着劲儿地吸几口旱烟。好大一会儿，另一位又说："我就辨不来郭万有咋就有那么多干不完的事儿？"依然是相互瞅着对方，没有人答复。半晌过后，不知谁又问谁："你说张老大在敬老院里日子过得舒坦不？"这下却有人答话了："比你我舒坦多了。一日三顿饭，变着花样儿地吃呢。衣裳脏了有人给洗，屋子天天有人打扫，前天我到镇上跟集还进去喝了一罐子茶。""没承想这老家伙还真享福了。"又一个接着话茬儿说。聊着聊着，不知不觉的太阳已经落山了，火一样的晚霞映红了他们每一个人的脸庞。

茴香草

马占海从后沟垴的滚羊儿坡上走下来，猛然发现了滚羊儿坡上长着像黄蒿一样的野茴香草，便扔下手里提着的一大包行李，一屁股坐在湿漉漉的黄土坡上，拔下一根野茴香放进嘴里吱吱地嚼。野茴香草那麻中带辣，辣里含苦，苦里有香的特殊味儿刺激着他口腔里的每个角落。他觉得挺舒服，舒服得耷拉下了松弛的眼皮。

野茴香草是滚羊儿坡上特有的，只是这坡上的野茴香草跟他小时候相比，显得稀疏多了，也矮瘦多了。

他一根接一根有滋有味地咀嚼着野茴香草，眯缝着眼睛瞅河对面儿那个染有夕阳金辉的村庄。

那个村子名叫苦水泉。五十六年前，他就出生在那个地方。

这些年来，到处都在变，往富里变，往好里变。苦水泉变了吗？当然也在变。你看，那些用黄土筑打起来的低矮粗陋的小院落着实是比过去多了几倍。原先村前那几块完整的好田地差不多全部被那些乱七八糟的庄院占去了。靠后崖的人家还挖了许多窑洞，黑咕隆咚的，这是从苦水泉的祖宗那儿传下来的。那一孔孔扁圆形的窑门就像一个个饱经忧患的老人张着没牙的大嘴，诉说着它心酸的往事。

看样子，苦水泉的人还远远没有走出贫穷的泥沼。敢情是马支书那龟孙子把乡亲们箍得太紧了，不然的话，苦水泉这地方为啥没有修盖得像样一点的房子呢？他独自这样想。

唉！一想起马支书，他的眼睛里就像揉进了一粒沙子，不觉渗出了几滴清凉的老泪。

他马占海的命苦，苦的劲大。父母生了他，却没有养育他长大成人。他三岁的时候，父母便一个一个相继离开了人世，把他孤零零地撇在了这个世界上。他吃百家饭，穿百家衣，是苦水泉的乡亲父老把他拉扯成人的。苦水泉的人待他好。要说待他最好的人，那就自然莫过于尕娃子大了。尕娃子大在世的时候把他当亲儿子一样对待，到了临咽气的那阵儿也没有忘记他。老人家给尕娃子千叮咛万嘱咐，让尕娃子把他当亲兄弟一样看待，可谁知道，就是这个和他小时候一起光着屁股在一个土壕里玩，一个土炕上睡，好得就像一对儿孪生兄弟的尕娃子，后来却成了他的仇人。

尕娃子也姓马，二十几岁就当上了苦水泉的支书，人都叫他马支书。

一阵山风吹来，灌进他敞开衣襟的胸膛，觉得有点儿凉，他吐掉含在嘴里的茴香草，拉了拉衣襟。不知怎么着，心里猛地生了邪念头——他想抽烟，而且想抽的欲念还很强烈，嗓子眼儿也有点发痒，使他难以克制自己了，便不由自主地把手伸进了衣兜。

以前他的烟瘾大，一天两大把叶子烟不够抽。近些年他又把烟戒了。这几天在路上搭车住店，为了招呼人，买了一盒好烟装在身上。但不要说抽，就连闻一下他都没闻。可这阵儿是咋搞的，竟然又想要抽烟，真是造孽，造孽。他的手在衣兜里摸索了几下，终于没有把烟往出拿，却用另一只手又拔下一根野茴香草塞进嘴里。猛地，那只手在衣兜里碰到了一个硬邦邦的东西，那个装在牛皮刀鞘里的牛耳朵刀。

这把牛耳朵刀是老人留给他的唯一一件宝。他把这刀珍惜得就像自己的生命，经常随身携带着。

二十多年前，他就是用这把刀割了尕娃子左边的一只耳朵的。

本来，那个月黑风高夜，他是要割尕娃子的狗头的。可是，当他把飞快的牛耳朵刀架在尕娃子那青筋暴凸的脖子时，尕娃子那个没有骨气的孬种给他跪下了，身子像筛糠一样吓得一个劲儿地打哆嗦，拉着他的裤腿边子磕着响头爷一声大一声地求饶。他看在亡故的老人的份儿上，看在尕娃子多病的女人和一大堆还光着屁股只晓得要馍吃的娃娃的份儿上手下留情了，只用牛耳朵刀在尕娃子左边的鬓角旁轻轻地一划拉，就给尕娃子留下了永久的耻辱标记。

多少年来，每当他无意中摸到这把老人留给他的牛耳朵宝刀时，心里总会产生出一种凛然不可侵犯自豪感。也只有这时他才意识到自己作为一个人的伟大。

然而也正是因为这把刀的缘故，二十多年前，他这个从朝鲜战场上凯旋的人民功臣，几年后，竟在一夜之间成了一个罪人，以致在四千里以外的农场里待了大半辈子。然而他却从来没有因此而觉得耻辱。他倒认为是做了一件应该做、值得做的事情。因为他手里的这把刀是为维护正义才放了尕娃子的一点血，剔除了那个在尕娃子身上似乎是多余的东西——听觉发达得过火的左边的耳朵。

蓝天上那羊群般悠悠飘移的朵朵白云，被火红的太阳烧得放射着金光，给田野，河水也涂上了一层斑斑驳驳的光彩，于是田野与河水也发出了耀眼的光亮。此刻借着这充分柔和的光线，他又一次将目光投向河对面的那个村子。凭着记忆，他很快认出了耶黑家原先住过的院落。现在院墙已倒塌，两孔窑沿的窑面也塌掉了。看到那所院子，他的心里头禁不住涌上一阵酸楚。睹物思人，他想起了耶黑娘，那个令他深思梦想，爱莫能助的女人。

那个如今残败的小院里，发生过应该发生的一切，然而也发生过不该发生的事。

他和耶黑娘的故事就发生在那个小院里。

二十八岁的时候，他从朝鲜战场回来。那时的几年里，他耿直开朗的性格，强健潇洒的体魄，崭新笔挺的军服和军服上佩戴的那枚银光锃亮的军功章，曾使村里村外那些多情的黄花闺女们倾心爱慕。他总会不时地收到姑娘们偷偷塞进衣袋里的装满香草和一片痴情的绣花荷包，也会看到她们双眼含情、秋波暗送的醉人的俏笑。当时的他，就好比走进了一个选择爱的"大观园"里，那一朵朵蓓蕾欲放，香妍迷人的爱情之花，他随时都可选采，然而他却一朵也没摘。

后来，苦水泉的人发现他那枚军功章戴在了耶黑买的帽子上。

耶黑是村里一个寡妇的儿子。

他跟耶黑娘好上了。

耶黑娘比他大三岁。

耶黑娘是地主的女儿。

就在他准备着和耶黑娘结合成家的时候，却意外地发生了那件本不该发生的事，这是一件无法容忍的瞎事。他毫不犹豫地抽出了那把老人留给他的牛耳宝刀……

农历八月初十的晚上，半轮还没有圆的月亮斜斜地挂在深蓝色的天宇，好像是打破的半面镜子，喷洒着朦胧而清凉的光。西北的山头上有一朵黑云，向着那半个月亮款款地移动。抬头看去，仿佛蓝天上出现一个无底的黑洞，恶魔般吞噬这蓝天和蓝天上灿烂的星光，并且威胁着那半轮孤孤单单的月亮。

吃罢晚饭，马占海踏着如霜的月光，走进了耶黑家的窑洞。

耶黑娘吊着一条腿屈盘着另一条腿斜坐在炕沿儿上，怀里抱着耶黑，嘴里哼唱着一首古老苍凉、深情柔婉的民间催眠曲，一只手在耶黑的肩头轻轻地拍着。放在炕沿边上的那盏如豆的小煤油灯发出昏暗的光，照在耶黑娘那张俊秀而显得有些苍白的脸上。他借着灯光看见耶黑娘的眼角挂着两滴发亮的泪珠。看见他走进窑里，她急忙用手背揩掉了。

"耶黑睡着了？"他站在地下问。

"嗯，坐吧。"耶黑娘指着放在泥桌旁的小板凳说。她把耶黑放在炕上睡下，盖好被子下了炕，从锅里端出一碗还冒热气的油香，放在马占海面前的泥桌上，看了他一眼，有点责怪地说："等不住你，我娘儿俩吃过了，这是留给你的，吃吧。"

马占海见是摞得高高的一碗油香，有点惊奇地问："哎哟，你咋着今儿个做这么多好吃的？"

"今儿个是耶黑的好日子（生日）哩，我从集上捎回一斤清油，多做了些，好让咱都吃个饱，就算是给娃充喜哩。"耶黑娘和颜悦色地说。

"噢！耶黑今年是过第三个好日子吧？"马占海没有拿碗里的油香，却转过脸来望着炕上甜甜入睡了的耶黑说。

"就是的，你快吃吧，都快凉了。"耶黑娘往马占海跟前推了推碗，催促道。

"刚吃过，饱得很，留着明儿个耶黑吃吧。"

"昨儿个我说了，让你今晚不要做饭，过来在这儿吃，你咋着就忘了？"耶黑娘说罢，嗔怪地白了马占海一眼，生气地转过脸，脱鞋上炕了。

马占海无奈，只好顺从地拿起一个耶黑娘已经为他掰破了的油香，咬一口，顿时一股沁人心脾的香味儿窜进了他的五脏六腑。他不禁暗想，世界上还有这么好吃的东西？

耶黑娘看着马占海津津有味地吃完，才满意地笑了。随后又长长地叹了口气，沉默了一会儿，才快快不乐地抬起头来，水汪汪的大眼睛瞅着坐在炕沿边的马占海，小声说："占海，咱俩的那事，我看拉倒算了。"

"啊！你……咋了？"马占海听了耶黑娘的话就像被人用锥子戳了一下似的，呼地从板凳上站起来，惊异地张着嘴巴不知该说什么了。

耶黑娘不紧不慢地从针线篓里拿出碎布片和针线，戴上顶针，一边给耶黑补裤子，一边低着头伤感而又平静地说："咱俩的事，有人反对哩。再者我怕咱俩到一搭里过，我肯定要连累你受罪的。"

马占海听了，不以为然地笑着说："我当你有啥不得已的事要跟我散伙呢，倒把我给吓了一跳，原来就那点理？我跟你说，现今是新社会，男女婚姻自主，这事只要你我情愿，不管谁说也没麻达。我这个人够意思呢！除了你，我这辈子就是个光棍汉。人，不是犁地的牛，硬往一起凑对儿，主要的是能合得来哩。"

耶黑娘听着马占海的话，脸上泛起了彩霞般动人的红晕。她一边飞针走线地补耶黑的裤子，一边慢言细语地说："今儿个晌午，马支书领着公社里的黄主任到我这里来过。"

"他们跑你这儿弄啥哩？"马占海觉得奇怪，因为这些人还从来没有到过耶黑家。

"嘻嘻！马支书要给我做媒呢。"

"啊！是谁？"

"马支书要我去跟黄主任的麻眼子（瞎子）兄弟哩。"

"这……你咋说？"

"我说我有你。"

"嗨嗨，是该这么说。"马占海听了这话，欣喜地看着耶黑娘，心里有一种男人被女人理解和信任的幸福感，觉着暖暖的。

"马支书和黄主任骂我是狗吃月亮——想得高。你是共产党员，又是有军功的人。我出身不好，是地主的女儿，政治上不清白。我这样的人跟你结婚是违反政策的。因为政策上不允许，公社里也是不会给咱俩扯结婚证的。"耶黑娘说完，转过脸看着黑洞洞的窗外。

"放他娘的臊气，哪有这个政策？全由着他们的烂嘴胡编。共产党的'经'尽都让这种歪嘴子'阿哥'给念反了。"马占海听后，气愤地站起来在地下踱着步骂道："尕娃子这个东西真浑到家了。他如再跟姓黄的驴杂种在咱苦水泉胡闹，我非教训他不可。他们还说啥来？"

耶黑娘转过脸苦笑了笑，劝道："你干吗生那么大的气？反正你现在咋也闹不过人家。你硬和人家闹，是肯定要吃亏的。我，人家是不会放松的。"

"他们要把你咋哩。"

"尕娃子说，如若我不跟麻眼子，公社里就要把我派到青峡去当采石工。"

"啊？这简直是把人往死路上逼。那活儿就根本不是女人干的。"

"反正也活不成，我答应了。"

"你答应啥了？"

"我去青石峡。"

"这……我去寻尕娃子算……算账去。"马占海气得连话也说不出来就要走。耶黑娘急忙扯住了他，责怪道："占海，你疯了！"马占海又无可奈何地坐在炕沿上，呼呼地喘着粗气。耶黑娘不知给他劝说着什么，他连一句也没有听进去。

过了好大一会儿，他的火气才慢慢地平息了一些。看着坐在炕上做针线的耶黑娘，一股溪水般的暖流从他心头潺潺流过。女人给予男人的不只是温暖和光明，还有无穷的力量和无畏的勇气。而这种力量与勇气，就像天空只要有太阳月亮就会发光一样具有永恒性。在马占海现在的精神和灵魂中，耶黑娘对于他，就像月亮不能没有太阳一样，他也不能没有耶黑娘。所以，不管是谁来阻碍和破坏他和耶黑娘的关系，他都不能容忍和允许。何况，他还是一个性如烈火的人。

马占海从愤怒中清醒过来，猛然想起了自己今晚来是要跟耶黑娘商量事的。他有些羞怯地勾下头，一只手捏弄着胸前的两枚快掉的"八一"纽扣，鼓起勇气说："必要的东西我已差不多买齐备了，我看咱明天就去扯结婚证。后天礼拜四，我偷着问了一下四爷，四爷说礼拜四是个合房的好日子。我想能成的话，咱们后天就搬到一起过吧！"

耶黑娘听罢，抬眼深情地看着马占海，半晌才说："你把耶黑照看着，等我从青峡回来再……"

没等耶黑娘说完，马占海打断她的话说："要去，等咱俩结了婚我去。"

耶黑娘一下子眼热鼻酸，眼泪又流了出来。她低头抹着泪说："你看着给咱俩办了！"

马占海听她这样说，就从炕沿上站起来说："时候不早了，我去寻几个人，商量一下，好让他们明后天给咱帮个忙。"

耶黑娘抬头看看抿着嘴儿笑了笑，说："你急啥呢嘛，反正……反正我早晚都是你的人。这事还是得考虑周全一点好，看你衣裳那两个纽子快掉了，脱下来我给你缝。"

"缝两个纽子，用不着脱。脱了底下还光着膀子哩。我坐这你随便缝两针就成。"马占海说着就斜坐在炕沿边上，解开纽子，往前扯了扯衣襟。耶黑娘拿着针线，顺从地挪坐在他跟前，拉过他的衣襟细心地缝那两个快掉了的纽扣。灯光暗淡，她为了能看清楚，头几乎低在他的胸膛上。猛然一股他从未闻过的略带汗腥味儿幽幽的女人香气钻进了他的鼻孔。他低下头，看着她那白嫩、俊秀的鸭蛋形脸，弯弯的柳眉下一对大大的丹凤眼，睫毛长而细柔，嘴唇薄而红润，鼻梁高而直。他发现，她的脸还有一层细嫩均匀的白绒毛。他看着她，不知不觉中胸膛里像是着了火，烧得他嗓子眼里干得像在冒烟。心跳猛烈地加快，加快，他终于再无法控制住洪水决堤般奔涌的情感，一下子搂住她，在她光滑的额头重重地吻了一下，又吻了一下……她像一块海绵，软软地倒在他的怀里，仰起脸，伸出一只胳膊紧紧地勾住了他的脖子，两人烧得发烫的嘴唇战栗着紧紧贴在了一起……

　　放在炕沿边上的小油灯被他和她的猛然的举动扇灭了。一束乳白色的月光像一缕朦胧的银丝迅速地从窑洞的破窗眼儿射进来。静谧的窑洞里只能看见这股清凉的月光，听见他和她急促的喘息声。爱神在他和她的心中点起了熊熊大火。于是，一切都消失了，静止了，只有他和她拥有了一个完整的世界。

　　突然，院子里由远而近响起了脚步声，紧接着便是笃笃的敲门声。

　　他和她马上从梦一般的境界中醒过来，木鸡般呆呆地端坐在炕上，望着黑洞洞的窑门，尽量压低还很急促的喘息声发愣。

　　"耶黑娘！耶黑娘！"一个沙哑低沉的声音在门外叫道。

　　马占海和耶黑娘同时听了出来，是支书尕娃子的声音。

　　耶黑娘听罢，轻轻地躺下来，用被子蒙住头，大声问："谁啊？"

　　"哦，是我，是我。"

　　"你是谁嘛？"

　　"唔，你真是睡糊涂了，咋连我也听不出来？我是马支书，你快开门吧！"

"深更半夜的，你叫我有啥事？"

"嘿嘿，好事，好事。我进来你就知道了，快开门。"

耶黑娘把蒙在头上的被子捋下来，抬高声音喊道："我睡下了。有啥事，你站在外面说，我听着哩。"

"我有要紧的事要跟你商量呢，站在外面高声大嗓地怕让别人听见。"

"不妨事，你快说吧！"

马支书在门外站了一会儿，才把嘴对在门缝上说："公社里的黄主任要你嫁给他的麻眼子兄弟。我晓得你不情愿，可你成分高，又是个女人，咋能顶得过人家？这么着，我今晚来和你商量个对付的办法，好让黄主任死了这条心。"

"就这？"

"啊，对，耶黑娘，我是为你好嘛。"

"多谢马支书的好心，你的人情我领了。可这事没有啥商量头，嫁不嫁由我着哩。你快回吧。"

马支书在门外听了这话，气得跺了几下脚，站在门口骂道："耶黑娘，你个婊子是个不识相的贱货。我半夜三更地跑来敲你的门，是看得起你婊子哩。你若今晚不答应我，看我以后不变着法儿把你个婊子往死里整。"

"马支书，你叫我今晚给你答应啥呢嘛？"

"嘿嘿，好嫂子，这还用问吗？你知道我那女人经常病病快快，瘦得像把干柴，硬邦邦地没一点软乎劲儿，和她没一点儿意思。嫂子，你打当姑娘的时候就把我的魂儿勾走咧。多少年来我想你都快想出病来咧……"

听到这里，马占海再也压不住心中的怒火。他一把从挂在裤腰带上的牛皮刀鞘里抽出牛耳朵刀，闪电般冲出窑门。还没等尕娃子弄明白是怎么回事就被他杀鸡似的一把按倒在地，明晃晃的牛耳朵刀子架在了尕娃子的脖颈上……

太阳像一个巨大的红色火球，冉冉地滚下了西边的山峁。河对面的那个村子里已经相继生起了几缕灰白色的炊烟，游蛇般在村子的上空盘旋，升腾。骑在驴背上的牧童，赶着牲口，甩着响鞭，吹着刺耳的口哨，在迂回曲折的山路上缓慢地朝村里移动。回归的羊群像几朵浮在山坡上的白云悠悠地向村子靠拢。下地劳动的村民们背着一身尘土，迈着疲乏散漫的步子，三三两两，夫前妻后地从四面八方走进村子。山村的黄昏，是一天里最热闹的时候。

坐在滚羊坡上的马占海，痴痴地望着眼前的这幅乡村暮归图，心里说不出是喜，是忧，还是悲。

终于他站了起来，拍了拍屁股上的土，提起那一大包沉甸甸的行李，迈步朝对面那个村子走去。

走了几步，他又忍不住弯下腰拔下一根野茴香草，揪了一片叶子放进嘴里慢慢地嚼，细细地品。野茴香草的味儿苦，可苦得清爽，苦得有它自己独特的一种滋味儿哩。他像四川人喜欢吃辣椒一样喜欢嚼这种怪味的野茴香草。在外二十来年了，他见到过稀奇少有的草也不算少，就连价格昂贵的冬虫夏草他也尝过，可都没有野茴香草的味道更没有见到过野茴香。他太需要饱尝一次这种只有苦水泉的滚羊坡上才有的野茴香草的味儿了。

正是苦水泉人吃饭的时候，马占海就像一缕出去多年的孤魂，匆匆忙忙，风尘仆仆地走进了苦水泉。令人意外的是他径直走进了马支书家。

马支书，这位凭着自己的精明和油滑的天性，看风使舵，谄上欺下，在三十多年波澜起伏的人生长河中始终稳坐在乡村权利之舟上，活跃在乡村政治舞台上，当了三十多年村干部的人，如今已经是日薄西山，气息奄奄了。

自从他二十岁当了苦水泉的支书，三十多年来他一直帝王般地统治着这个县级地图上也不容易找到的小山村。

在苦水泉，他是唯一叱咤风云咄咄逼人的人物。他主宰着苦水泉一千五百多人的命运。历次政治运动，他一批批、一茬茬地用各种不同的方式整治苦水泉的人。他想让谁吃稀，谁的饭碗里就绝对不会有干饭；如果谁在他的眼里不那么受看顺眼，谁就有吃不完的哑巴亏；谁在他的面前步子跨得大一点，他准保不出三天就会给谁的面前架一根独木桥，过也得过，不过也得过。不过话也得说回来，马支书也为苦水泉办过好事。每逢灾荒之年，他总是厚着脸皮，死狗一样赖在公社领导的面前给苦水泉要一点供应粮和救济款。如果公社领导不答应，他就干脆像一个不懂事的吃奶娃娃在父母跟前一样耍起狗来。有一次他躺在公社书记的宿舍里三天时间没吃没喝，不拉不尿地闭着眼睛装死，他说如果公社不答应给苦水泉多分三千斤供应粮，他宁死也不回苦水泉。他为苦水泉的一片忠心终于感动了公社领导，领导最后很爽快地照着他说的给苦水泉多分了三千斤粮，并且还在以后的一次乡村干部会上，点名表扬了他。不过苦水泉吃到那三千斤粮的除了他和他的亲友之外，再也找不出别的人来。

半年多以来，马支书躺在他家的上窑炕上，时刻都被心脏的绞痛折磨着。肺叶的阵阵痉挛使他不住地咳嗽，窑地下满是他咳出的似脓血的脏物。大夫说，他的病已经没有多大希望了。

苦水泉的人没有因为马支书以前的过错而视他如仇人。他们毕竟都是老实厚道、宽宏大量而又忍辱负重惯了的庄稼汉。听得马支书病到这步田地，都纷纷拿着鸡蛋糖果来到马支书炕前看望。马支书现在虽然已病入膏肓，可他的头脑还是非常清醒的。那病痛中的一个个难以成眠的长夜里，他躺在炕上痛苦地呻吟，同时也在痛苦思索。每当他回想起旧事时，他觉得惭愧。此时，他才清楚地意识到他作为一个乡村干部，一个共产党员，在苦水泉这地方瞎折腾了几十年，对不住苦水泉的乡亲父老。更使他不安和无地自容的是：他拆散马占海和耶黑娘的婚事，把马占海送进了监狱，至今二十余年不见音讯。还把耶黑娘给……这些，让他死后向另一个世界的先人咋交代呢？为此，躺在炕上，他不时暗暗地祈祷、忏悔。

晚饭端上来，他今晚一点也不想吃，甚至一看到饭食心里就恶心。他让家里人到另一个窑里去吃。他独自躺在炕上，嗓子里像拉风箱一样吃力地喘息着。他闭着眼睛，想趁不咳嗽的间歇好好休息一会儿。可是他一旦合上眼睛，面前就会出现怒容满面的父亲和手里拿着牛耳朵刀的马占海，吓得他浑身发麻，不得不强打精神抬起眼皮。恍然迷离之际，他听见耳边有人在唤他，是一个熟悉而又有点儿陌生的声音：

"尕娃子……尕娃子……"

几十年了，从他当了苦水泉的支书后，就从来没有人这样叫他。猛一听到这样的叫声，他觉得很亲切，好像又回到了纯真无邪的少年时代。他挣扎着抬起头，见站在炕沿边的除了老伴和儿子外，还有一个人，一个紫黑脸膛、身材魁梧的老人——马占海。

当马支书从惊愕和疑惑醒过神来，意识到马占海站在他面前是现实，而不是在做梦时，他哆哆嗦嗦地伸出手，一把握住马占海的手，撕心裂肺、抽肠拽肚地哭了。他是伤心？或许是痛悔？

马占海坐在炕沿上，没有劝阻，静静地看着眼前这位虾米般蜷缩在被子里，脸如死灰，瘦小的肩头因抽泣而瑟瑟发抖的马支书，心里也如翻江倒海般难以平息，这就是当年在苦水泉为所欲为的人？

马占海从衣兜里掏出厚厚的一沓信，拿到马支书面前说："尕娃子，你看我全都收到了。"马支书睁开泪眼，看到的是他一次又一次寄给新疆玛拉斯国营农场马占海所在单位的信。

"占海哥，你……"马支书见马占海把他寄去的信都保存得这样好，不禁声泪俱下地像他小时候那样亲切地叫了一声。

"知道你病得不轻，我才急忙回来的。说实话，我还怕见不到你哩。"马占海抬头看着窗外的远处说。

二十多年前，马支书和马占海在马占海的婚姻问题上发生了龃龉事，他坚持不让马占海和耶黑娘结合，一是他认为耶黑娘不但是个寡妇，更重要的是她是地主的女儿，和占海这样的人结婚不合适；二是他有一个说不出口的瞎念头，他想利用手中的权力去偷偷地占有耶黑娘。故而他想方设法破坏和挑拨马占海跟耶黑娘的关系，不料事情后来闹到那种结局，马占海因为割掉了他的耳朵而吃了官司，坐了牢。可他却在无形的道德法庭上受到了审判，他在苦水泉失去了活人处世的尊严和分量。就因为这个原因，这些年他虽然已年老多病，很难胜任支书的工作，可他总是想方设法，竭尽全力来保住苦水泉的支书这把"皮交椅"。他知道权力对于他的重要性。他甚至错误地估计若他在苦水泉没有了实权，他将在苦水泉这个地方连走的路都没有了。所以只要他还有一口气，他是绝对不会把支书这把"皮交椅"让给别人去坐的。好在这些年实行生产责任制，土地牲畜分到各家各户，人们都忙着在各自的土地上扒食，谁也不提及过去的事，好像早已淡忘了。

近几年来，他看到别的村干部在带领群众致富上干出了不小的成绩，他也暗暗下决心要为苦水泉人干一点好事，为群众谋幸福，以挽回他早已在人们心中失去的分量。可是他除了能一封接一封地给马占海以前劳教过的玛拉斯劳改农场写信寻找和邀请马占海回苦水泉之外，再什么也没有成。他实在已经是力不从心啊！他在病倒的这半年多时间里，接连给马占海去了三封信和两封电报。他好像是在急切地召唤失去了的灵魂，仿佛马占海不回苦水泉，他就永远也不会从现在这样的痛苦中得到解脱。

马占海终于回来了。在他马支书还没有咽气之前奇迹般走回了苦水泉，站在了马支书的面前，这是苦水泉，这是马支书现在的欣喜，也是他们过去的悲哀。

就在马占海回来的这天晚上，马支书好像精神了许多。他斜躺在炕上，拉着马占海的手，推心置腹地谈了许多，好像他们一下子又回到了亲密无间的少年时代。

四天以后，马支书便悄然地离开了人世。

大殓前，马占海没有忘记把他特意请人黏糊得很像的一只假耳朵端端正正地贴在马支书的左边耳门上。他说，不能让尕娃子缺着一只耳朵就走了。

夜深了。

马占海和村里的人坐在门外的水泥台阶上闲聊了大半夜，直到夜深了才回到住处。走进屋子，泥炉子中的干牛粪火还烧得正旺，烤得放在旁边的茶壶咕嘟咕嘟地直往外冒热气。屋子里弥漫着干牛粪烟的臊腥味儿。他挑亮灯盏，打开屋门上的通风，蓝色的烟和着白色的气体摇摇摆摆往外挤。他看着逃跑一样争先恐后的烟气，自己也不由地拉开屋门，伸出头往天上看了看，深邃的夜空稀疏地闪烁着几颗能数得清的星星。下弦的牙残月已经升得有一竿子高了。它那微弱的光亮除了说明自己的存在之外，也没有余光能赐照大地了。他出神地望着天空中那弯弯的残月，无意识地摸了摸下巴上的几束已经花白了的胡须，不知怎么的，几滴清凉的老泪竟从脸颊上扑簌簌地滚了下来。自从回到苦水泉以来，他的眼里不知是咋弄的，总爱往出淌这种不争气的水分。老了老了，却倒成了个多愁善感、泪比情长的大女子了。为了抑制住往出流的泪，他转过脸钻进屋里，用力地磕上屋门，使劲咽了几下梗在嗓子眼里的一疙瘩不知是什么的硬东西，在心里暗暗地对自己说，眼睛里冒出的不是水，而应该是火。

时候不早了，该到睡觉的时候了。

他躺在热烘烘的炕上，头枕着软绵绵的被卷，两只手交叉放在肚子上，眼盯着屋顶上削得发光的椽子在出神，没有一点儿睡意。

听说这间在苦水泉显得有点儿洋气的屋子是前年春天修的。这是他原先住过的院子，他走的时候只有两孔土坯窑，因年久失修，十年前就倒塌了。前年春天，当支书的尕娃子动员村里人出工，用村里的木料和砖瓦在这个院子里又为他盖了这间房，等着他回来住。这几天村子里人见他回来了，就又商量着要给他把这个院子的破旧院墙换筑成新的。一切都收拾得妥帖些，好让他在苦水泉度过个幸福的晚年。苦水泉的人待他太好了，就像一位慈善的母亲永远也不会忘记她失散在远方的儿子。是啊！他确实是苦水泉的儿子，他从小就是喝着苦水泉乳汁一样的泉水，吃着苦水泉的五谷长大的。参军回村后，苦水泉的人见他小腿肚子上有个枪子儿穿下的黑窟，便母亲一样地心疼他，总是让他在村里干一些轻松的零星活，其实那点儿毛病屁事也不碍。后来，他提着牛耳朵刀到县城投案自首，一去二十多年。可苦水泉的人没有因为他一去多年没有音讯把他遗忘，并且为他修盖下这么好的房子，等他安度天年。可他们自己却大都还住在黑乎乎的窑洞里。

几天来，他在和苦水泉的人接触和谈话中得知，苦水泉的人眼下才仅仅是解决了个吃饭的问题，他们的日子还过得很艰难，贫穷像一道绳索还紧紧地捆在他们身上，使他们举步维艰。作为一个苦水泉人，就应当义不容辞地为改变苦水泉贫穷落后的面貌出力。

苦水泉的人待他好，可他为苦水泉，为苦水泉的乡亲父老做了些什么？他像一个逛鬼似的在外面游荡了大半辈子，如今老了，不中用了，难道就应该心安理得地回到苦水泉让乡亲们供养着等死？想到这里，他的心在反省与自责中颤抖。他猛地从炕上坐起来，一把拿过上衣披在身上，就像一个精神病患者一样疯疯癫癫地冲出了屋子。

宁静的更夜，清爽宜人，此刻已是鸡叫头遍的时间了。

马占海像一个夜游症患者，漫无目的走出了村子，沿着一条田间的小路往山上走去。不知不觉到半山腰的一个大坟院里。这儿是苦水泉的亡人长眠的地方。

从下到上，他默数着按辈分排列得整整齐齐的坟堆。朦胧夜色中，他幽灵般在如林的坟堆中穿行。坟院里长着半人高的蒿草。露水打湿了他的裤子，紧紧地贴在他的两条干瘦得像橡子一样的腿上。他一点也不觉着凉，只是木然地迈着沉重的步子往前走，最后他来到一个长着几束很高的野茴香草的坟旁站住了。

他认得，面前这就是耶黑娘的坟。

离这儿不太远的地方，有一个新堆起的坟丘，那下面睡的就是新逝的尕娃子。

一年零三个月的劳教期快满的时候，他收到了从苦水泉给他寄来的信，告诉他耶黑娘从他走后就去了青石峡当采石工。在一个多月前的一次炸山事故中，被飞起的碎石片穿透了胸部，当时就咽了气。

她死了，他的心碎了，他的希望之光熄灭了……

当时，在他刚接到信的那些天里，他不知在劳动中一天昏死多少回。劳改队里有一个和他关系不错犯了罪的大夫给他治了这个"病"。那个大夫把他从人中上掐醒，一把扯起来站住，打了他两个耳光，骂道："你个蠢蛋，那个女人没有死！没有死！你还活着她咋能死哩？你连这都不懂，还跑到人世间活啥人哩。"果然这几个耳光和几句富有人生哲理的话把他从痛不欲生的境界里解救了出来。

在他的心里，耶黑娘还活着。只要他活着，她就永远也不会死。

本来，打那儿以后，他就不准备再回苦水泉了，因为他怕亲眼见到心上人的那一堆黄土，俗话说，哪儿的黄土不埋人，哪儿的五谷不养人？何必再到那个使他触目伤情的地方去？所以在玛拉斯劳教农场服刑期满后，他就申请转入了附近的国营农场当了一名正式农工。

在玛拉斯国营农场，也有很多好心人为他介绍过对象，但是都被他一个个婉言谢绝了。他的心里，再也容不下别的女人了。

随着岁月的流逝，年龄的增长，他越来越思念苦水泉了，就如他思念耶黑娘一样地思念这块贫瘠的黄土地和生活在这块黄土地上的乡亲。不知多少次他在梦里梦到他回到了苦水泉，苦水泉的乡亲在村头热情地迎候着他。他见到了站在人群里的耶黑娘，同时也见到了被他割掉了一只耳朵的尕娃子。

这几年，隔一段时间他总会收到尕娃子给他的信，这信是他以前劳教过的农场转给他的。可是他却连一次也没有给尕子写过回信。说实话，他恨着尕娃子哩。今年，他接连收到尕娃子的信和电报，得知尕娃子的病劲大了，使他猛然归心似箭。他想见见尕娃子。他觉得心里有一疙瘩话要跟尕娃子说说。恨归恨，可想见的欲望还是强得很，就像老婆想老汉一样地折磨人。他和尕娃子毕竟还有一种从小时候建立起来的亲骨肉般的情义。因此他办妥离场的手续，就急匆匆地赶回了苦水泉。

苦水泉有他热烈的爱，也有他痛心的恨。

可是现在，横在他面前的两堆黄土埋葬了耶黑娘，也埋葬了尕娃子。几十年情天恨海中积郁下的恩恩怨怨也都随之埋入了地下。

唯一使他觉得满足的是他赶在尕娃子临终之前，回到了苦水泉，和尕娃子说了他想说的话，并且给尕娃子补上了那只耳朵。他心里觉得踏实多了，好像还了尕娃子的一笔债。

最使他遗憾和怅惘的是这些年来还一直活在他心里的女人，而今却永远也不会像他梦中那样出现在他的眼前了，能见到的只有面前这堆野草萋萋的坟丘。老辈儿人都说：人死后还会有阴灵存在，并和活着的人只隔形而不隔神。他原本是不信这话的，可是这阵儿他倒真希望耶黑娘的阴魂能出现在他的眼前，好让他看一眼。哦！或许，或许耶黑娘的阴灵已在他身旁，因为这儿是她的"家"，只是他凡胎肉眼，无法看到了。是啊，此刻虽然看不到她，可说话想必她一定能听得见的。想到这里，他便自言自语地说："耶黑娘啊，我的好人！你可知道，你可看见，我——马占海回来了。我对不住你。我不该给咱俩闯下那个毁了你我一辈子光景的祸事。现在不管咋说，我好赖还在活着，可你……生死如果能交换，能替代的话，那我是该死的，而你应当活着，因为你有耶黑。噢！耶黑这娃如今也已成人，并且和一个名叫翠翠的女子订了婚，等给尕娃子念过三七后，就给娃们办喜事。翠翠是尕娃子的女儿。咱俩个福浅命薄，阴差阳错。你活着的时候咱俩没能到一搭里过，我以后死了，也不准备和你在一个坟院里睡，因为在那个世界里你还有耶黑他大。虽然那个人是老人给包办的，你不爱，可你毕竟有那个人啊！耶黑娘，请你忘了我吧，永远地忘掉。今夜，我是专意跑到你这儿跟你告别，永远地告别的。为了苦水泉和苦水泉的乡亲们，我决定要走，重新去那个四千里外的地方。这样，我这把老骨头就是撒在那远方的沙漠中也心甘情愿。耶黑娘，我的好人，请你原谅，原谅我吧……"说到这里，他扑通一声双膝跪倒在坟堆旁，失声痛哭了起来。

天快亮的时候，他才跌跌撞撞地从坟地走了回来。心里像了却了一件大事，猛然觉得轻松了许多。

马占海又要走，回新疆玛拉斯农场去。

消息传开，苦水泉的大人娃娃无不感到惊讶。马占海不是回到苦水泉养老的吗？人常说，天晚鸟归林，人老想祖茔。马占海不就是为了他百年之后能睡进苦水泉的祖坟里，长眠在老人的身旁才回来的吗？可你为什么刚回来就又要走呢？于是苦水泉的人一个个不约而同地来到了马占海住的小院里。

马占海把来人让进屋子。屋子里挤得满满当当，可是气氛却很沉闷。除了马占海添茶倒水地招呼之外，谁也不是和往常那样有说有笑。就这样大家有点尴尬地坐了一会儿，才有一个名叫哈贵的中年人站起来试探着问马占海："马家爸，我听说你老人家要走？"

"对，我决定再过十几天走哩。"马占海站在人当中很爽快地笑着说。

哈贵有点伤感地说："马家爸，您老如今这把年纪，大老远地回来了，我看就住下来吧！咱苦水泉虽说穷，可是不至于叫您老人家受罪的。我知道，您老人家回来的这些天，我们没有照顾好您，以后我们大家尽量让您……"

"不，不是你们大家，不是咱苦水泉的人待我不行，而是对我太好了，正是因为这样我才决定要走。"马占海眼里闪着泪花。

屋里的人虽然没有听懂马占海的话，可都被马占海老人真诚而凄楚的话语所感染，眼里滚动着亮晶晶的泪珠儿。哈贵揩了揩眼睛，走到马占海跟前，拉住马占海的一只手，亲切而又疑惑地问："马家爸，既然这样，那您为啥要走呢？"

"就是咱苦水泉还穷啊！"马占海摇着哈贵的手，不假思索地说。

这话像一把刀子，捅到大家的疼处。大家听后，一个个都颓然低垂下头。不好，也不能再说什么了。人，哪个不想富，哪个不怕穷？马占海老人是国营农场的职工，老了就是坐在场里啥也不干，一月也少不了他的百十块钱，可回到还穷得冒土的苦水泉能有什么好处呢？贫穷使苦水泉的人感到自卑和耻辱，也使他们觉得自己没有挽留马占海老人的资格。贫穷使苦水泉人短精神啊！

马占海望着面前被自己一句话说得抬不起头来的众乡亲，觉得有好多心里话要对他们说。可是又一想，说出来大家一定会阻拦他的行动不让他去玛拉斯农场的。他从包里倒出一盘花生米，放在桌子上，让大家吃，可是谁也不好意思吃，也没有心思吃。一个一个无精打采神情沮丧地走出屋子。

这天晚上，马占海谢绝了来他这儿的其他人，屋里只留下耶黑。他顶上屋门，盘腿端坐在炕上，盯着坐在地下板凳上的耶黑，严肃地问："娃！你这个支书准备咋个当法？"

"啊！这……"耶黑被这句出乎意料而又一时不好回答的话给问住了。说实话，他被乡上任命为苦水泉的支书后，一直忙着开会和接管村里的工作，像这样的问题他还没来得及考虑，这阵儿竟然张着嘴巴一个字也答不上来。

马占海看着耶黑被自己的问话窘得脸通红，张着大嘴在发呆，忍不住笑了。"耶黑，我是问你，你是像你丈人那样给苦水泉当官呢，还是给咱苦水泉当个真正的支书呢？娃，这支书跟官是两码事，你懂不？"

耶黑听了这话，从板凳上站起来迅速地回答道："苦水泉的人信任我，上级信任我，我就要竭尽全力为咱苦水泉办事。"

"好娃，我问的就是这个。"马占海听了耶黑的话，一拍大腿兴奋地说："那么你说，苦水泉眼下最主要的问题是什么？"

"最主要的问题是贫穷。"耶黑胸有成竹地回答。

"对，你这娃心里亮堂着哩。那么你说，怎么才能让苦水泉的乡亲尽快富起来，把日子过红火？"耶黑叹口气说："唉！不是一件容易的事。"

马占海对站在他面前毕恭毕敬的耶黑语重心长地说："咱苦水泉是个穷地方。山肚子里没装矿，山皮子没长林，就连水也都是咸的。咱们的祖祖辈辈没有过上一天好日子。这当然还有别的原因，现在咱如若还和老辈儿人那样守着这点薄地过活，我看到任何时候只要能混个肚儿圆就不错了，要想着拿靠山吃山、靠水吃水的营生来赚俩钱，根本就没戏。可咱也有咱的优势哩，这就是咱有人，有多余的劳动力。耶黑，你说是不是这样？"

耶黑点头答道："对，您老人家想得太对了。"

"耶黑，你娃如今当了咱苦水泉的支书，就得时时事事为咱苦水泉人的穷光阴打算哩。我想，要想改变咱苦水泉人的状况，还得首先在这一大部分剩余劳力上多动动脑筋才是。"马占海说到这里又转过话头问："咱村能腾出身子常年到外面去打工的劳动力有多少？"

耶黑掰着指头算了一会儿说："也就是五十来人吧。"

"五十，五十，五十来人……"马占海听了扬起头，闭着眼睛像学生娃娃背书一样地念叨了几遍，说："这也不算少哩嘛。"

"这些人多数都是些十八九二十大几的年轻娃娃，可在家里没有啥干头，想出去到外面挣几个钱，又找不下个活路，成天在村子里游手好闲，惹是生非的真教人头疼。"耶黑忧心忡忡地说。

马占海捋着胡须说："看来，火烧眉目的问题是咱先得给这些娃娃寻个活头儿。"

"我也是这么想。"耶黑显得有些为难地说："可咱村没有在外面说得起话的人。村里的人大多都是些老实疙瘩，出了门连茅坑都找不见，哪里能寻下这么多人的活路呢？"

"咱村离县城不远，只要有设备，有技术，我看黄土地能变成钱嘛。"马占海说着转身从炕角的一个小旅行箱里拿出一个小包扔在炕上，对耶黑说："这是我这些年存下的五千六百块钱，你拿去，再贷上两三千元的款，我估算就差不多能建一个小型机砖厂。给咱村办这么个小厂子，你再请上一个会烧窑的师傅就能成了。咱村别的没有，可力气是有的，你照看着快点把机砖厂办起来，好让咱村那些常年脱不开身子到外面去的人挣几个零花钱。"

"这，这怎么行，你留着用。"耶黑吃惊地推辞说。

"你快拿上。这是我让你给村里办厂的，不是给你的，你推脱啥哩嘛。"耶黑此刻有些不知所措了。

"我这儿每天来人多，放着我有点不放心。"马占海老人边说边在裤腰带上解下了那个装在牛皮刀鞘里的牛耳朵刀，拿在手里郑重地对耶黑说："娃，这把刀虽说值不了几两银子，可它是我祖爷传给后人的一件唯一的宝贝，我这辈儿把它珍惜得就像自己的命根子。听说这把刀是清朝道光年间一个头领赏给我祖爷的。你看刀把上能看清'道光'两个字呢。"马占海说着，把刀从刀鞘里抽出来，拿在灯光下面让耶黑仔细看，看罢，他又把牛耳朵刀装回牛皮刀鞘里说："如今老了，我想把这刀交给你保管。今晚你就把这点钱和这把刀一起拿去吧！"说罢，他下了炕，双手把刀递给耶黑，又转身把放在炕头上用布包着的一沓沓钞票也塞进了耶黑的怀里。

耶黑痴呆呆地站在地下，怀里抱着那装在牛皮刀鞘里的牛耳朵刀和这一大包钱，觉得很沉，很沉。他看见马占海老人在给他往手里递牛耳朵刀的时候，眼里滚动着晶莹的泪。他鼻腔也一酸，竟无法克制地哭出了声。

半晌，马占海才转过身来，走到耶黑身边，一只手搭在耶黑的肩头深情地说："娃，我把自己的希望，也是苦水泉的希望都寄托你身上了。"

耶黑眼里含着泪说："您老人家的意思我懂，我全懂……"

"哈哈哈，这就对了。"马占海笑着使劲儿地在耶黑的肩膀上拍了拍，然后他转身拉开屋门，探出头看了看撒满宝石一样璀璨夺目的繁星的天空，支起身子长长地不那么自然地打了个呵欠，好像显得有些困倦地说："娃娃，时候不早了，我想要说的话也都给你说了。咱们还是早点歇缓吧，明儿个你还得去乡上开会哩。"

耶黑看着面前的马占海老人，觉得此刻给他说什么也都是多余的没必要的了。是啊！人的丰富复杂的情感有时候是无法用语言来表达的，只能相互心领神会。他默默地点点头，含着泪抱着怀里沉甸甸的两样东西，走出了屋子。

送走了耶黑，马占海回到了屋里，看看表，已是凌晨二点十分，离天亮还有四个多小时。苦水泉到县城三十里山路，还能赶在发车之前走到车站的。于是，他简单地收拾了一下，喝了一杯水就提起挎包出了门，沿着村子中间的路迈着轻快步子悄悄走出村子。路过滚羊坡的时候，摸着黑拔了几大把野茴香草，用纸包好，很珍贵地装在挎包的底部，走上通往县城的山路。

早晨，苦水泉的人从梦中醒来的时候，他——马占海老人早已人去屋空。

两个月以后的一天，苦水泉人意外地收到一封从新疆玛拉斯国营农场寄来的公函：农场要在苦水泉定向招收五十名五年合同制农工。一切具体问题马占海已和场方商谈妥当，要求五十名农工在接到信函两个月之内前来农场报到。

这消息像一股春风，很快就传遍了苦水泉。苦水泉的青年们乐了。然而苦水泉的老人们却哭了。他们思念那个至今还独身漂泊在异乡，为苦水泉人的衣食冷暖、汤清饭稠而操劳奔波的亲人。

几天后，一支由五十人组成的青年副业队，带着苦水泉人的希望和嘱咐离开了苦水泉，走出了这个四面环山的闭塞狭小的天地，去到大千世界，去到遥远的地方开始一种崭新而又充实的新生活。

那　树

　　天黑了下来，马一样奔跑的云朵儿把蓝天给遮了个严实。嗅嗅山风，有了雨的味儿。

　　关上小屋的门，他步履蹒跚，沿着曲曲弯弯的羊肠子小路，向山峁上爬去。天黑得像锅底。他耷拉下眼皮摸索着往前走，反正这些路他熟得像米汤，睡着了也不会跌跤的。走一段儿路，他摸一摸身边的任意一棵树，就晓得离山峁峁有多远了。吃了两碗馓饭，肚子撑得像鼓皮，上了这一截子坡道儿，气喘得就像拉风匣，心也跳得厉害。他便放下拐杖，一屁股蹾在上面，从怀里掏出烟锅和烟袋，津津有味地享受着饭后一锅烟的快活。烟锅头上那点忽明忽暗的火星儿就像天上眨着眼皮儿的星星。其实今夜也只有这么一颗"星"。

　　他吸着旱烟，仰着头，微微眯着眼，听着风吹树叶的哗啦声，脸上漾满了快慰的笑，仿佛只有他才是世界上最幸福的人。真的，他觉得他比皇上还自在，还有生存的价值。不是吗？他确实成了这方圆几十里地的"皇上"。不过他统治的不是人，而是满山遍野的青枝绿叶的树。为了这片绿色的土地，他不惜一切地奋斗了十八个春秋。他种树，护树，更爱树，就像痴爱自己的儿女一样。然而遗憾的是，他没有儿女。如今已是六十多岁的他，不但现在连个知冷知热的老婆子都没有，而且从来就没有成过亲，孤孤单单地活了六十多年。他现在有的只是那间简陋得不能再简陋的茅屋和这一片茂密得不能再茂密的山林。

刷啦！一个黑乎乎的东西一下子从林子里蹿了出来，肆无忌惮地迎着他走来。大概是看到了那点幽幽火星的缘故吧！等到走近，他才看清是个野狐。他没有动，那东西也好像毫不意外和胆怯，走到他身边，伸长脑袋闻了闻，又一跃进了林子。野狐这滑头奸脑的东西，好多人都厌恶得很，可他不，却倒还有些喜欢。世上万物，都是相互制约又相互依存的。你可别因为厌恶而瞧不起它，因为瞧不起而就想变着法儿把它往绝里治。它能在这个世界上繁衍生息，就说明有它一定的必要性和存在价值。这野狐，你说它坏，不错，它有时确实会干点儿偷鸡摸鸭的勾当。可那是它在野外寻不到食物，为了生存才大着胆子干的。不到万不得已，它也是不愿意冒那个险的。习惯生活在林子里的野狐，简直是人最好的朋友和帮手。它是专门整治野兔和黄鼠的。而野兔和黄鼠这类东西，虽然啃吃幼树，可你也不要以为它们就是绝对的害。它们也可以吃掉杂草，养地保墒；粪尿还是树的好肥料哩。他就是这么个固执地认为。所以他这些年不但守护着这几十亩林子，而且还守护着生活在这林子里的野物。空中飞的，地上跑的他全管。谁要是拿枪跑到这儿来打野兔或是山鸡，被他瞟在眼里，定要咒个祖坟朝天。

吃罢烟，他把烟锅倒别在耳后的领口里，架起拐杖，撅着屁股又艰难地向山峁上走去。眼下正值春末夏初，是砍伐木材的好时节。有些想盖新房又舍不得出点血的"机灵鬼"，就老给他这片林子打主意。那些人白天跑进山里到处乱转悠，东瞅西瞟，碰见了他还凑热乎，和他坐在林子里天南地北地闲掰。其实他嘴里没有言喘，心里亮堂得像灯笼。现在，他得赶快爬到山峁子上，那儿高，要是东西几条沟里有个啥声响，他就能听得见。虽然人老了，但耳朵还好使，况且，夜里山林子里也实在寂静得很。

山峁峁上到底豁亮，能看见远处狗牙一样参差不齐的山峰的轮廓，能听清沟底沙缝里冒出来的溪水的淙淙声，洼地里偶尔传出来几声蛤蟆的呱呱声。风是比沟里大多了，吹在脸上、身上，软酥酥凉森森的，带来了花儿的清香，也掺和着叶的苦涩。曚曚昽昽，看到前头那棵比他还老得多的柳树，他有些伤情，娘就是吊死在那棵柳树上的。

那瘩儿原先是座山神庙，爷爷是这几个村子官雇的庙官。爷爷死后，大就自然地袭了这份职。庙院的西边有两口土窑，是住家的地方。两辈子人，就靠给山神爷每天洒扫殿堂、接续香火来换取沟底的一饷半地养家糊口。那是香火田，不收租子的。其实那点地，一年就是风调雨顺，收了也不够吃，还得时常靠娘给人家做些针线活来换点粮接济。

乱世残朝的民国十八年，遭了年馑，不知咋弄，河州和西海固的人们也相继反了。马鸿逵一个排的队伍就在这林子里和山下过来的"土匪"接了火。那一仗打得好惨哟，山上山下到处是横卧的死人。到底谁胜谁败他不晓得。大也死在林子里，胸口窝上被枪子儿钻了两窟窿。娘那时还不到三十，年轻得很，被那个当排长的狗杂种给……就用头巾捂住脸，寻了无常。山神庙方圆的那片林子，差不多都给糟蹋完了。当时他还不到十岁，是"土匪"里的一个人认了干儿子，才拉扯成人的。

西山嘴那儿像是手电的光亮忽闪了一下，他定睛一看，又不见了。西山嘴下面的村子叫青土沟，山妹就住在那个村子里。这些天他不由得老往那儿望。山妹是他的情人，他想她，想得心里像猫抠。

土墙根里有一堆杂草，是他平日锄树拔下的。他躺在上面觉得很软乎，软乎得就像山妹的屁股蛋。山妹当姑娘时就和他好上了，她要跟他。可十九岁那年他被抓了当兵，送到国民党的队伍里了，直到解放的头一年他才跑回来，山妹早被大妈硬逼着嫁给了青土沟里的刘木匠。刘木匠那狗东西，爱钱不爱老婆，是山妹的活阎王。他想，他和山妹年轻的时候，可好得就像一个人，常偷偷地跑进山里，来到这座破庙里……嗨嗨！人老了，老了就像娃娃似的爱想那古董麻希的事。前儿在集上，他碰见了山妹。她比他小一岁两个月二十六天，可现在看上去她比他老多了。唉，老了啊！那天山妹见了他，伤心地哭了。他知道，她是痛他那个瘸腿着哩。山妹在集上给他留下话，说她死活也要到他那林子里来一回，看看他，也看看山林子。年轻时玩惯了的地方，想得很。

这些天来，他等着她，盼着她哩。几十年攒了一肚子的话，他要跟山妹说呢。

起风了，满山的树发出雷一样的吼声。

身上觉着有点凉，他又顺着山脊缓缓地往前走，腿子觉着有点儿痛，像针扎。

"文化大革命"时，在一次批斗会上，他站晕乎了，从三张桌子垒起的高台上摔了下来，跌折了大腿。先人当了两辈子的庙官，倒是给他遭下了这份罪孽。

后来一条腿残了，人也就废了。地里的活他干不成，整日闷坐在屋里，心里空落落的，偷偷淌泪，人活在世上是要有个干头儿的，有个奔头儿的，于是，他一个人孤独地走进了这山中……

十八年啊！他老了，老得那样快，山却绿了，绿得这样浓。

夜里在没有路的山脊上他架着拐，瘸着腿走得很艰难，也很自信。绕过老鸦嘴，就是沿山而过的简易公路，这是前年春天修的。

他的这一辈子人，活得凄苦，艰辛，走过的独木桥比世界上的路还长，淌下的心酸泪比黄河里流过的水还多。可他也有过幸福的时候。前年春天，刚修成的这条公路上一溜跑来了五个小轿车，有从联合国来的洋人，还有省里和县里来的大干部。说是来参观他这儿的山林子的。

活了大半辈子，他只听人说县长是个大官，管着一个县的百姓哩，可他还从来没有见过个县长。想不到那天县长和他还握了手。县长的手劲还不小，握得他的手好紧哟，他高兴得差点流出了眼泪。那位头发黄得像牛毛，浑身散发香味儿的洋女子也伸过来柳树枝儿一样纤细、白嫩的手要跟他握，难为得他直搓手。他一个泥里巴几的老头子，手粗得像树皮，咋好拉人家洋女人的手？

看罢这座山上的树，那洋女人伸出大拇指还一个劲儿地夸赞呢。他就像喝了一肚子蜂蜜，心里热乎乎、甜滋滋的。嗨！真想不到他一个瘸老头子侍弄了十多年树，在外国人的面前还把人给赢了。他兴奋得跑到山峁子上，放开嗓子吼了一曲，人老了，老了就像娃娃似的，憨了。

泪珠儿一样的雨滴从天上往下落……

夜深了，该不会有偷树的人了吧！其实他是瞎担心，这些年根本就没发生过偷树的事。可他的树还是被人明着弄去了不少。

关志财就是个二百五，当了屁大的官，就借着公家的名儿往自己家里弄木头。去年他把东沟的橡材林砍去了一卡车。后来这事不晓得咋让上面给知道了，县上要派人来调查，急了，跑进山里来给他塞了一百八十元，求他把这事"包一包"就过去了。钱他收下了，这号人赚下的黑路钱比驴粪还多，不拿白不拿。他把这笔钱悄悄地给了养老院，这么多钱他留在身上，有啥用？

要他说句谎话，除非日头从西山上出来。

雨越下越大了。

他沿着简易公路往前走，突然他站住了，仄着身侧着头屏息敛气地听了听，西沟果然有声响，呼哧呼哧的。他顺着声音的方向，机警地摸索着往沟下走去。

西沟畔上有几棵大树，为那几棵树，他把余娃子得罪了。

去年冬上，余娃子的爷爷过世了。亡人停在地下，家里没有准备下寿木，余娃子跑进山里哭天抹泪地求他，要放那两棵西沟畔上的大树做棺材，他硬是没答应。打那以后，余娃子见了他就好像不认识一样，理也不理。

终于他听清楚了，是人用锯子锯树的声音，在西沟畔那儿。

林子里黑得就像钻进了地窖子，脚下打滑，他一条腿不利落，难走得很。不知怎么了，这会儿他直觉得心里难过得想吐，半个身子麻酥酥、软溜溜的不听使唤。他咬紧牙关忍耐着，坚持着往下走。这是第一次发生盗伐林木的事，他就是舍着这条老命也要把偷树的人抓住。让那些给这片林子打主意的人看看，他不是待在山里睡大觉的人。跌倒了，他干脆就着坡势往下滚，往前爬。终于他走近了，雨雾中他看不清是谁，反正是两个人坐在大树的两边扯着锯子。他扶着树干站起来，轻手轻脚，悄无声息地往前蹭，一步、二步、三步，猛然他摔开拐杖，大喝一声"住手"，扑了上去，一只手死死地抓住了锯把。就在这一瞬间，他觉得头里边像有无数条虫子，热乎乎地在满脑子里乱窜，心就像被揪了几下似的痛，再就什么也不知道了……

偷树的人是青土沟里的刘木匠——山妹的男人和他们的小儿子。

当时，惊恐万状的刘木匠半晌不见他起来，打开手电一照，见他直挺挺地倒在地上，双目紧闭，身子不见动弹；摸摸鼻子、眼和嘴，觉着没有了气儿。猛然间刘木匠成了泄了气的皮球，无力地一屁股坐在地上，傻眼了。难道他死了？他怎么着就死得这么容易，这么凑巧？跑吧！这人烟稀有的山林里夜黑，没人能知道这事。不行不行，如今公安局神明的很，比这秘的案子到了人家手里，就像捅窗户纸一样破得容易。这类事见到的比听到得多。就是现在跑回家去，不出明天铁铐就保准能戴到自己的手腕上。虽然他是自己致死的，可到了那个时候就是长上一百张嘴，能把这事给人家说个明白吗？想不到活了六十多岁，如今为了一截子木头，弄出了人命，算是倒霉透顶了。

"大，他还没死。"小儿子捏着他的手腕说。

"啊！"刘木匠像个失足落水的人一下子抓住了救生的木棍，觉得跟前豁然开朗，连滚带爬地跑到他身旁，捏住他的手腕摸了摸，又急忙解开他的衣襟按了按心口窝。弹簧似的猛然站起来，拉过停放在一边准备偷运木头的架子车，焦急地说："快，快把他抬上车子，往医院里送。"

"这不是咱们自投……"

"住你娘的臭嘴，有这档子事，班房子就够你这辈子坐了，难道还让我脑瓜子里装枪子儿不成？"刘木匠拖着哭腔，像一头发了疯的犍牛吼道。

儿子吓得再没敢言语。父子俩把他抬上车，沿着泥泞溜滑的山间小路，飞快地朝山下跑。

约摸是鸡叫头遍的时间，刘木匠和儿子把他送进了乡卫生院。大夫经过检查，确诊他患的是老年性心脏病并发脑出血。

全院大夫都在奋力抢救，但他像是被阎王爷勾去了魂，几个钟头过去了，还是没有醒来的迹象。刘木匠手里攥着一把汗，焦急得在房檐下打转转。

第二天天刚亮，刘木匠就领着儿子，脑袋耷拉着，脸上像撒了一层土，疲惫而沮丧地走进了乡政府的办公室……

在乡卫生院的抢救室里，他已经躺了三天。

恍恍惚惚，隐隐约约，他听得耳旁有人在喊他，声音是那么微弱、幽远，像是从另一个世界里传来的，那喊声越来越近，越来越清晰。终于，他听清楚了是山妹的声音。他用力睁开眼睛，看见高大的屋子，雪白的墙壁，屋里站满了人。这是啥地方？不是在林子里抓贼吗？偷树的人哪去了……他想问话，可舌头干得像木材，打不过转儿来。一双颤巍巍的手把一杯水送到了他的唇边，他就势喝了一口，甜滋滋的，是糖水。

静静的屋子里，只有山妹嘤嘤的抽泣声。

山妹，这个使他日思夜盼了近五十年的女人，现在终于坐在了他的眼前，坐在了他伸手可及的地方。那成千上万次缥缈虚无的梦在他大难不死后的这一刻，终于成为千真万确的现实。此时他该有多少在这个世界上只能对她一个人说的话要说啊！然而他久久地凝视着山妹，却又连一句话也没有说。

山妹抹了一把眼泪，拉过站在一旁的年轻男子说："儿呀，快过来认你亲老子。叫大！叫大！"那个青年人一头扑倒在他的床前，声泪俱下……他惊疑地望着山妹，慢慢把一只手按在心口窝上，痛苦地说："山妹，你这样做，就把我的名声糟践了。"

哭倒在他床前的青年人，他认得，名叫双喜。但双喜并不是他生的儿子。他和山妹好了一场，年轻时儿女间的那种云雨情事他干过，可他并没有种下一颗种子。这他知道，山妹更知道。现在山妹为什么那样说呢，难道她老糊涂了？不，山妹一点儿也没有糊涂。山妹的这片苦心，他一听就明白，可她毕竟是个女人，想事儿又太不周全了。如果他依着山妹的主意把双喜认了，就把姓刘的给亏了。

他在床上挣扎着抬起头，瞪着眼睛大声嚷道："我要见见刘木匠，刘木匠，刘……"

屋里屋外的人全惊呆了。

刘木匠跟跟跄跄地从外面跑了进来，扑通一声双膝跪倒在他的床前，怯生生地说："老哥，老弟我给你跪下了。"

他闭着眼睛，平静地问道："双喜大，你恨不恨我？老实说。"

"老哥！咱俩不是仇人，这话从何说起？"

"我和山妹的事，你知道不？"

"咋能不知道哩，老哥！都是我把你给……"

"那么你说，双喜是谁的儿？"

山妹刚才对他说的话，刘木匠站在屋外听得真切。一听他问起此话，便急忙答道："反正双喜不是我刘家的骨肉。"

"胡说。人是不敢昧着良心说瞎话的。"他真的有些火了。这老滑头，把他看扁了。

"老哥！这档子事，你我的心里还能不明白吗？无非是……"刘木匠说着就抱头哭了起来。

他大口大口地喘着粗气，像是什么都没听见。山妹如梦初醒，一把拉住他的手，连声说："我不是你俩说的那个意思。我是为了你，为了你这个人，为了你的那些山林。你老了，可你为那些树总得有个靠得住的人接管啊！"

此刻，已经是气息奄奄的他，望着站在自己面前的年轻汉子，像有好多话要说，可他没有气力说。歇了好大一会儿，才用微弱得几乎听不见的声音断断续续地说："我怕是……不行了……"他又用下巴指了一下上衣口袋，山妹忙从他的口袋里掏出了一枚闪着绿色的青铜钥匙递到他手上，他又颤抖着递给了双喜。"我的箱子……没别的……

三十斤椿树籽……"说到这里，他长长嘘了口气，双腿猛地一蹬，头朝后一仰，双眼紧紧地闭上了。山妹赶着给他拿勺子往嘴里喂糖水，可是牙关已咬得死死的了。

他死了。

亡灵前，刘木匠哭得捶胸顿足，好像比山妹更伤心些。

……

星移斗转，春去秋来。还是他守过的那座大山，依然野草萋萋，溪水淙淙；还是他护过的那片树林，照旧郁蓊苍翠，挺拔茂密；枝叶间，百鸟婉鸣；浓荫下，走兽懒卧。林子的边沿，大山的脉络还在向远处伸延。而在大山的深处，一块较为平缓的坡地上，那个埋葬着他的躯体的黄褐色的坟丘上面，又生出了一簇簇深绿色的地皮草，开着蓝莹莹的小花，默默地散发着淡淡的清香。

啊！那山，那人，那树……

绝处逢生

陈爱聪敏感而万分欣喜地意识到，刘玉珠对他似乎也有那个意思。

这些天，当他在饭饱茶足，体力恢复得有点过剩的时候，当他独自坐在屋子里闷闷地吞云吐雾的时候，他就想起了刘玉珠——那个漂亮得使他瞧着心里直痒痒的姑娘。真是不是冤家不相识，一个如花似玉的刘玉珠折磨的他好苦啊！可这苦又能对谁去说呢？没办法，只得含着唾沫往自己肚子里咽。他弄不明白，人活在这个世界上怎么会有如此之多无休止的苦恼？他更弄不明白，世界上的人为什么有男人和女人之分？男人为什么要去牵肠挂肚地想女人？女人为什么要让男人去想？啊呀！弄不明白的问题实在是太多了，苦恼大概跟这弄不明白的问题一样多吧！真是苦海无边，可哪里又是岸呢？大概人活着就是在这无边的苦海中航行吧！要不，他这个不愁没钱花，不愁没饭吃，不愁没衣服穿的"万元户"，怎么还有这样多的苦恼？

因此，陈爱聪不知从什么时候开始，总有一种难以弥补的心理上的失落感和一种无法消除的精神上的空虚感。这种失常的症状有时候折磨得他想哭，想笑，想打人，想骂人（其实他没一天不骂人），想女人，想……他简直成了一个严重的精神病患者。他需要刺激，精神上的和肉体上的。

吃罢午饭，陈爱聪觉得坐在房中百无聊赖，心慌意乱的简直使他抓耳挠腮，便走出房子，迈着轻松悠闲的步子慢慢地踱出厂门，在这座造型美观，装饰新颖的厂门口叉开八字腿，倒背着双手，挺胸昂首地一站，抬头着远处蓝天上那悠悠浮动的白云，心里有一种难以诉说的像白云似的无处寄托没有归宿的空虚感。

然而，当那些出出进进，上班下班的工人从他身边走过时，他又显得无比的高傲，俨然是一只鸡群中的凤凰。那些工人不管是老的还是少的，男的还是女的，见到他就像是儿子见到老子，奴仆见到主子似的脸上堆满生硬地讨好的笑，在他面前全都顺从温驯的像是绵羊。他对这种现象似乎已经习以为常，视而不见，那么的不值一顾，不屑一理。心里却在想，不是我陈爱聪，你们这些大脑没有四肢发达的东西，哪有饭吃？哦！只有刘玉珠在他面前不是这副奴才相。可他偏偏的就对刘玉珠感兴趣。此刻，他站在厂门口望着已经快消失在地平线的那几朵从自己头顶上掠过去的白云，不禁又想起了这些年他摸爬滚打着走过的路……

五年前，这座占地十多亩，有一百三十多名固定工人的乡办砖瓦厂，连年亏损，已经快到了濒临破产的边缘，质量不能过关的破砖烂瓦堆满厂子，产品销不出去，连工人的伙食费都发不出，工人人心涣散，怨声载道，原先那个没出息的厂长在这种情况下摔帽子不干了。乡上那些"吃皇粮"的脱产干部面对这种难以收拾的残局束手无策，把个乡长逼得像热锅上的蚂蚁，简直比上吊还难受，一百多人没活干，没饭吃，不是件小事，十多万元贷款让谁来还？就在这种情况下，他陈爱聪毅然站出来，以自己的全部家产做抵押，冒险承包了这座砖瓦厂。狠下心，他与乡政府一笔签下了承包十年的合同。

受命于危难之际，他肩上担着山一样重的担子。白天，他骑着自行车到处跑，求爷爷告奶奶的请求别的厂家和单位暂时给以援助，低眉下眼，甚至不惜赔着自己的血本买礼品送人情，想方设法地推销积压的砖瓦。晚上，他还要和工人一起加班加点地干活。除此之外，他还要亲自管理厂里的财务，实行三权独揽，这样不但可以节省出两个劳力，更主要的是他对别人不放心。在厂里实行他独创的"家长式"的治厂原则和管理措施，这样搞了不到半年，就扭转了亏损的局面，开始赢利。这几年，他的砖瓦厂赚了，并且赚得不少，但是究竟赚了多少钱？除了他，恐怕不会有第二个人能知道个确切的数字。

有时候，他难免对自己产生怀疑，经营这么大的一家企业，自己哪来这么大本事，是天生的吗？或许有这方面的原因，但是他知道这主要还得感谢生活，要不是他从十六岁开始因贫穷而离家出走，过了十几年东游西逛的流浪生活，经多见广，几度死里逃生，他是绝对不会有这个胆识和魄力的。说实在的，他的机智，他的精明确实在这群农民当中是高人一筹的，但是这不是成功的主要原因，他知道光凭胆识和精明来经营企业是远远不够的，他的成功主要是机遇，这几年国家的基建规模相当大，机砖的销路基本上不成问题，只要把住质量问题，生产多少就能卖出多少；同时，这几年农村兴起了建房热，使砖瓦的销路骤然增加。诸多的有利因素，才使他这几年的日子过得顺心。但是这仅仅才是五年，离签订合同的期限还得五年时间，面对这建材市场越来越激烈的竞争，他感到忧虑，觉得有些力不从心。

在他腰缠万贯，富甲乡里的今天，活着，他应该有什么比金钱更值得追求的东西，他为此苦苦地思索却未能找到答案。两年前，他被县人民政府树立为先进个人，致富能手。一年前，他又被地区命名为"优秀农民企业家"，他的名字和照片刊登在省报的显著位置上。荣誉他有了，钱，从现在开始他这辈子睡着吃也用不完，钱他也知足了。

作为一个农民，一个斗大的字识下不足一篓子的普通百姓，如今的现实要比他以前的幻想还要好！他拼命追求金钱的那根弦好像因为他在名利上的满足而松弛，他的精神也随之而颓丧，整天被无名的烦恼和苦闷所困扰，他好像陷入了精神世界的沙漠之中。

"陈厂长，愣啥呀？"

一个银铃般清脆熟悉的声音，陈爱聪随即低下扬着的头，亲切地问道："啊！是小刘，饭吃了吧？"

"吃了。哎呀，陈厂长你看这来回四十里路，真把人吃不肥给跑瘦了，乏死我了。"刘玉珠把自行车斜靠在身上，掏出手绢左一把右一把地擦着脸上和脖子上的汗，站在陈爱聪面前，像个小孩子似的用撒娇的口气说。

陈爱聪像个笑面佛似的看着面前这位香汗淋漓，亭亭玉立，雪肤冰肌，眉清目秀，面如桃花，唇似点红，浑身散发着少女的魅力和青春的活力，美丽动人而又落落大方的刘玉珠，心里的那种邪火猛然像是被什么点燃似的烧得他全身血液沸腾了起来，身体内那种热浪般无名的骚动弄得他有点失态。刘玉珠从一进厂就把他给征服了，她确实太美了，此刻在他面前一站，简直就像一件精雕细琢的艺术品，那十分丰满的身段儿，那清秀红润的脸蛋儿，那弯弯的眉毛下闪动的一双水灵灵的大眼睛，胸前薄薄的红衬衫下那微微隆起的一对儿秀乳，那曲线分明的蜂腰，那圆鼓鼓像一颗大桃儿似的臀部，那两条肌肉丰满的腿，无一不美，也无一不让陈爱聪倾心，爱慕，甚至使他神魂颠倒。

为了掩饰自己的不雅，他走动着，来回地踱着步，可是目光却总是在刘玉珠的脸上，身上，特别是在她的半敞开的胸前游移，刘玉珠猛一抬头，好像一下子从他那火辣辣的目光中意识到了什么，抿着嘴儿似笑非笑，一副微羞含情的样子。看着刘玉珠的表情，陈爱聪心里想：她肯定对自己有那个意思。便体贴地说："看你，为吃一顿饭把你跑的累成啥样了，还不如到咱们厂食堂随便吃点算了。"

刘玉珠听罢抬起头，一双水灵灵的眼睛盯着陈爱聪，笑着说："听厂长说得多轻松，你一月就给那几个钱，上食堂吃，还不够买饭票的呢！"

听了刘玉珠的话，陈爱聪好像有点不好意思，稍停片刻，才结结巴巴地说："那……那你以后别再跑了，干脆到我那，咱俩一块吃吧！"

"啊！"刘玉珠惊讶地睁大了眼睛，疑惑不解地望着陈爱聪，似乎对他说的话没听懂。陈厂长这话是骂她还是怎么着？

"嘿嘿！"陈爱聪显得很轻松地笑笑，说："看你，不相信我说的话？明天我给厨师说一下，让他给我准备上两份儿饭菜，不就得了。"

"哎呀！这可不敢，我哪有你这么大的福分？不敢不敢。"刘玉珠摇头摆手，真是受宠若惊。

"不敢，咋着？"

"那就更付不起饭钱了。"

"谁让你付饭钱了嘛。"

"那，我白吃你的？"刘玉珠一心想弄明白陈爱聪的意思，逼问道。

"看你。说啥白吃不白吃的，我又不是付不起几个饭钱，你尽管来吃就对了，别的你就不必再操心了。"陈爱聪显得真诚又大方地说。

"哈哈，没想到陈厂长这人还够开通的，那咱说好，从明天起，中午我可不回去了。看你是真心还是假意。"刘玉珠的表情和语气都有点顽皮，她推起自行车一边往厂里慢慢地走，一边娇声娇气地说，"哎哟，我是跟你开开玩笑，打死我也不敢让你破费，哪有我吃饭，你掏钱的道理。"

听了这几句模棱两可，面里含砂的话，陈爱聪真是有点儿发傻，他痴呆呆的望着刘玉珠那俏丽的背影，就像猎人看到一个有把握弄到手的猎物一样的贪婪、痴迷。他心里想：刘玉珠肯定是对他有那个意思，如果把她搞到手也算是一种莫大的享受，活人一世，艳福难遇啊！他不能错过刘玉珠，也不能错过现在这个时机。

前天他在街上遇见一位算卦的瞎子，没事儿便凑到瞎子的跟前报了生辰八字，瞎子给他算了一卦，说他"财星高照，一生不受穷，人到中年必有艳遇。"这个"艳遇"想必就是在刘玉珠身上？这几天他总这样想。

刘玉珠进了厂门，很快地便消失在厂院拐角的地方。他独自站在厂门外，猛然觉得没了劲儿。这才发现，自己吃过午饭连觉都没顾上睡，站在这儿原来是在等刘玉珠。刘玉珠的确把他迷住了，他吃饭时想着她，工作时想着她，睡觉时更想着她，三十来岁的人了，还从不曾让女人折磨得这样惨过。相思也是一种苦，一种无法摆脱的苦，李清照大概体验最深，要不她怎么说"才下眉头，却上心头"呢？

傍晚时分，刚下班。陈爱聪独自躺在宿舍的沙发上，闷着头抽烟，门外有人敲门，他懒得动，对着门里没好气地问："谁啊？"

"陈厂长，是我。"一听声音就知道是刘玉珠，陈爱聪急忙从沙发上站起来，伸手拉开屋门，热情的招呼："是小刘啊，快进屋坐。"刘玉珠下班后刚在澡房洗过澡，浑身散发着一股淡雅清爽的香皂味儿，湿漉漉的头发没有扎，像瀑布似的长长的披在肩上和背上，手里拎着她那把串了一大朵彩色塑料花的自行车钥匙，迈进屋子，像往常一样在靠窗的那张椅子上坐下。陈爱聪忙着给她倒水，尽管刘玉珠一再声明她不喝，但陈爱聪还是把一杯茉莉花香茶沏好放在刘玉珠面前的桌上，又从柜子里捧出巧克力糖和五香瓜子，放在她面前，说："这是我今天才从镇上买来的，你尝尝吧。"刘玉珠笑眯眯地瞅着桌上这堆糖和瓜子，手里却依然玩弄着自行车钥匙上的塑料花。有点儿疲倦地说："哎呀，陈厂长，我经常到你这儿来，你总是这样的热情，简直弄得我都有点不好意思了。"

"这有什么？"陈爱聪似乎有些委屈地说，"再说，再说对你我愿意嘛。"

"我可不比别人有啥特殊啊？"刘玉珠笑着反问。

"唉，其实我对谁都是一样的。"

刘玉珠长长的伸了一下懒腰。打个哈欠，很不在意地说道："看来，陈厂长真是个热心肠的好人哟。一个厂长，能做到这点，真的是佩服。"

陈爱聪苦笑着长长地叹息一声。坐在刘玉珠对面的沙发上抬头看着她，说："好人？恐怕只有你才这样看我吧！小刘，吃糖啊，我拿给你不是让你看，是让你吃的，这五香瓜子味道不错，是正儿八经的新疆货。"

刘玉珠对陈厂长的那股子热情劲儿显得很不在乎，没有喝水，也没有动桌上的糖和瓜子，胳膊肘儿搭在桌边上，手撑着下巴，眼睛望着天花板，身子斜靠在椅背上，懒洋洋地说："谁又说你陈厂长的坏话来着？听你这口气，还真满肚子的牢骚呢。"

"小刘，我就不信你真的不知道？"陈爱聪觉得现在这个茬儿正是给刘玉珠暗示自己想法的好时机，就故意做戏似的给刘玉珠诉起了苦："我和妻子闹离婚，好像把全世界的人都给得罪下了，当面背后的骂我陈爱聪是陈世美的孙子。前天，乡长因为这事儿当着开会的那么多人的面，把我狠狠地骂了一顿，走到街上人们拿我当猴看，真想不到离一个女人比娶一个女人还难。"

"糟糠之妻不下堂，贫贱之交不可忘。这是我们根深蒂固的传统观念。谁要是违背这条理，谁就得受人唾骂，这是意料之中的事儿。既然怕人骂，那就别离嘛。"刘玉珠望着陈爱聪，说出一段颇有情理的话。

听了刘玉珠的话，陈爱聪无词辩驳，暗地下想：刘玉珠有些学问，不是那么容易对付的人，这话好像是在试探他对离婚是怎么个态度。想到这他便抬起头坚决地说："不管他谁骂，我一定要离，我就不信他人能把我骂死。"

"能凑合过下去，就算了吧，何必呢？"听了刘玉珠这句似乎有点讽刺意味的劝话，陈爱聪更加肯定了他刚才的猜想是正确的，要把刘玉珠搞到手，就首先得在这件事上没有一点含糊，这是取得她的信任的主要问题。想到此，他便抬起头，盯着刘玉珠的眼睛，果断地说："不行，我和她之间没有一点感情，没法凑合。"

刘玉珠听着陈爱聪的话，平静的没任何反应，完全是一副心不在焉的样子，眼睛望着窗外慢腾腾地说："我记得有一本书上说没有感情的婚姻是不道德的，既然你们之间没感情，那还不如尽早离了的好，双方都不至于痛苦。"

陈爱聪一听刘玉珠这番话，真是喜出望外，刘玉珠果然对他有那个意思，要不她怎么会支持他离婚呢？他激动地从沙发上站起来，猛一下握住了刘玉珠的手，欣喜若狂地说："小刘，你是唯一理解我的人。"

刘玉珠有点生气得抽回自己的手，大声说："我不是理解你，而是可怜你。"

"啊！"陈爱聪一时不知所措地僵在那里，好像不认识刘玉珠似的，直呆呆地瞅着发愣。刘玉珠看着他这副窘相，不禁哑然失笑，稍停片刻她说："陈厂长，我来找你有点事儿。"

"哦，啥事儿？"

"今天下午发工资，可能是你数错了，多给了我十块钱。"刘玉珠边说边从兜里掏出一张十元拍在桌面上，站起来就要走。

陈爱聪急忙抓起那张票子，一边往刘玉珠手里塞，一边说："错就错了嘛，有啥大不了的，你拿去用吧，十块钱，权当我送你的。"

刘玉珠从陈爱聪手里接过那张票子，又转身扔到桌上，很严肃地说："陈厂长，这你就小看我了，是我用力气挣下的钱，你一分也不能少，不是我挣的，我同样一分也不能要。我怎么能无故的接受你的钱？"

"看你这人，你的我的，分的多清楚，我的钱，只要你愿意，任你花嘛！和你的是一样的。"听完这几句话，刘玉珠皱了皱眉头，又一扭屁股坐回到椅子上，望着陈爱聪，不解地问："陈厂长，你这话是什么意思？"

陈爱聪被刘玉珠问的一时无言作答，虽说他精明过人，可到底是没有水平的人，不大会怎么绕弯儿，低下头想了一下，便直截了当地说："小刘，既然你问，还是早点挑明的好，我想和你……啊！和你结婚，我实在……实在是太爱你了。"

刘玉珠一听，脸刷一下就红了，连脖子根，耳朵梢都红得发紫，但她并没有因害臊和羞涩而难为情地低下头，而是死死地盯着站在她面前的陈爱聪那张猪肚子似的难看的脸，一双大大的眼睛像是在往外喷火，她用牙紧紧地咬着下嘴唇。过了好大一会儿，等她稍微平静了一下亢奋的情绪，才站起来说："请陈厂长不要胡思乱想，我可不敢高攀啊！"

"哎呀小刘，说啥高攀不高攀的，反正只要你答应我，我完全有能力保证让你一辈子过得幸福。"陈爱聪那双色眯眯的小眼睛望着刘玉珠，乞求道："你若不好明说，点一下头也可以嘛，只要你对我有个明确地表示就行啊！"

"哈哈哈！"刘玉珠听到这儿坦然地笑了，她望着面前这位可怜巴巴的求爱者。高傲地说："陈厂长，您太多情了，可惜晚了，对象嘛，我早已经有了。"

"啊！有了？"陈爱聪好像不相信自己的耳朵似的，疑惑地问："他，是谁？"

"告诉你吧，他不是别人，就是你的前任厂长的儿子，贵生。"

"那他不是上大学了吗？"

"是啊，他在大学学的也是企业管理专业，以后毕业还是搞企业的，所以我不稀罕"厂长"丈夫。我现在做工挣钱，正是供他上学。"陈爱聪听了这话，一下子像掉进了冰窟窿里，从头凉到了脚，从外冰到了心，一双死灰般的眼睛茫然地望着窗外的夕阳，无力的躺进软绵绵的沙发里。

此时，刘玉珠站在窗前借着从窗外射进来的夕阳的光线，仔细地打量面前这个大名鼎鼎，趾高气昂，咄咄逼人的"农民企业家"，就在这一瞬间她的目光好像 X 射线一样穿进了陈爱聪的胸腔，穿进了陈爱聪的骨髓，看清了他那满肚子肮脏不堪的下水，同时也看清了他空虚的灵魂。她忍不住对着陈爱聪笑了，放声地笑了，笑罢，她挺挺腰，指着陈爱聪的脑门大声说："陈厂长，说句您不爱听的话，假如我还没有对象，也绝不会嫁给你，虽然你很有钱，可是在我的眼里你还是一个最穷的穷光蛋，一个连要饭的叫花子都不如的精神上的乞丐。"刘玉珠说完这句话准备往外走。陈爱聪像一头被激怒的雄狮，一下子从沙发上跳起来，猛扑到刘玉珠身旁，伸开那双钳般颀长有力的手臂，把刘玉珠紧紧的拦腰抱进怀中。刘玉珠推搡着他的脖子和膀子，尽量不让他的嘴往自己的脸上凑，怒斥道："你！这是什么意思，快放开。"陈爱聪睁着他那双已经被欲火烧得发红的眼睛，喘着牛一样的粗气，沙哑着嗓子断断续续地说："你不嫁我……你看不起我……我管你看起看不起……今儿个……我非要教你'嫁'我一次……非要让你'嫁'我……"边说边腾出另一只手，向刘玉珠的那个地方摸去，刘玉珠使出全身的力气猛一哈腰，挣脱了陈爱聪箍在她腰间的那只胳膊，但是陈爱聪的另一只手还是紧紧抓住她的裤带不放，她急中生智，抡开巴掌狠狠地给了陈爱聪两个响亮的耳光，陈爱聪被打的发蒙，眼看又一巴掌快落到他脸上，他这才不得不趔趄着放开了他那只抓着刘玉珠裤带的手躲到一旁，捂着发烧发麻又发疼的半边脸，气势汹汹地吼道："啊！你还打人！"他恼羞成怒，气急败坏，欲火中烧，一伸手就抓住了刘玉珠的手腕，刘玉珠倒显得比刚才从容了许多，大声说："陈厂长，请你放尊重一点，不光是尊重我，更重要的是尊重你自己。你要是今天胆敢对我强行无理，不出三天，我会让你进监狱，蹲大牢，我会让你臭名昭著，身败名裂。"刘玉珠一改往日温和娇气的性格，盛气凛然，理正词严。陈爱聪听着她的话，看着她因恼怒而涨红的脸，仿佛觉得她是一位威严的审判官。便不由得松开了攥在刘玉珠手腕的那只手，刘玉珠一甩袖子，指着陈爱聪的鼻子尖怒不可遏地骂道："陈爱聪，请你放清醒一点，你别以为你有几个臭钱就可以为所欲为，横行乡里，目无法纪，你随便任意延长我们工人的做工时间，却不付给工人钱，你别忘了我们是社会主义国家，你仅仅只是这个厂的厂长，工人不是你任意欺辱和役使的工具。还有，你想方设法偷税漏税，你为了少交乡上规定的上缴利润而贿赂乡干部，你公私不分，花天酒地的任意挥霍厂里的钱物，你用金钱当诱饵玩弄厂里的女人。你……哼，想不到你竟然打起了我的主意，老实告诉你，我刘玉珠不是黄桂兰，没有那么贱……"

"啊！黄桂兰，她怎么也知道？"陈爱聪惊吓的不由打个寒战，

100

心里想，她怎么什么都知道？黄桂兰——那个使他腻烦的女人，他确实搞过，而且次数不少。但那不是他对黄桂兰怎么感兴趣，而是为了报复。黄桂兰已经是三十来岁的胖婆子，和她干那事，没意思，和自己的老婆一样的没意思。但他之所以要搞她，就是因为她是信用社张主任的老婆。张主任那个狗东西真不是个玩意儿，简直把他陈爱聪给坑苦了。他刚承包了砖瓦厂的那阵，厂里没有周转资金，无法开始生产，他向乡上申请贷款，乡政府批准了他的要求，可是他跑到信用社去提款，张主任推说没款，连续跑了十来次，他都说没款。后来他才弄明白，张主任是要在他身上拔毛。没办法，人在矮檐下，焉能不低头。一咬牙，他答应了，于是他又提着礼物暗中找到张主任，便主动给人家提出按贷款总数的百分比给抽取"好处费"，这下总算把事情办成了，可张主任仅这一次深深的在他身上榨去了那么多钱，他痛啊，也恨啊，心里结下的疙瘩老是不得化。后来砖瓦厂绝处逢生，张主任又找他，说老婆黄桂兰坐在单位上没啥干头，让他收到砖瓦厂挣点钱。他心里再不情愿，可面子上碍不过只得答应了。砖瓦厂是个干力气活的地方，黄桂兰这个油比肉多的胖婆子能干什么？这不是张主任又在变相的榨他，气得没法，他便直截了当的去搞她，黄桂兰这人也够开通，很容易就被他搞到了手。你张主任不是爱钱吗？好！我给你钱，一夜付给你二十块，不少吧！嘿嘿。我让你张主任戴绿帽子，穿破鞋子，他觉得再没有比这个办法让他感到痛快的了。好一个刘玉珠，她是怎么知道的？

陈爱聪听着刘玉珠有点言过其实，但也不是没有根据的斥责，脸色发黄，腿子发软，身体内那种无名的骚动仿佛骤然间凝固了似的。心头涌起一阵深深的负罪感和内疚感，同时也有一种没有寄托身处绝境的失望感。无力的一屁股倒在沙发里，双手抱着头像小孩儿似的哭了。

刘玉珠看着蜷缩在沙发上哭泣的陈厂长，不觉又产生了一种怜悯之情，是啊，他虽然有错，但毕竟是对我们厂有贡献的人，是让砖瓦厂起死复生，重新崛起的功臣，面临破产的砖瓦厂能有今天，不能不说他起了决定性的作用，事无完事，人无完人。我们不能过分的苛求于他，现在他陷入精神上的绝境，作为砖瓦厂的工人，她有义务也有责任帮助他。怎能一味地责骂？想到这里，刘玉珠也不由得流下来泪。可是她不知道对他说什么好，想了片刻，她温和而冷静地说："陈厂长，你有钱，这是你冒着风险付出艰辛的劳动换来的，可是你有了钱，就应该做钱的主人，而不该当钱的奴隶。钱，作为货币可以说是世界上最有用的东西，但也是最最没有价值的东西。我们追求的应当是远大的理想，而不是钱，人活着得有个自己的信念啊！"听到这里陈爱聪抬起头来，望着刘玉珠，像是身处沙漠中的孤独者听到的援救队那叮当的驼铃声，希望之火又在心头点燃。刘玉珠像一位上完课的老师，很有风度地拉开屋门，走了出来，推起她那辆停在门口的自行车，不慌不忙地走了。

陈爱聪病了，躺在床上已经几天没有起来，妻子着了急，给他请来了一位很有名气的老中医，老中医细心地诊过脉，扬着头半晌没有言语，最后才说：好像是虚症，是神虚而不是体虚。连方药也没有开就走了。没办法，妻子又给他请来乡卫生院一位年轻的西医大夫，量过体温，测了血压，用听诊器听了胸部听腹部，最后还是犹犹豫豫地说：可能是营养不良，只开了几片维生素就走了。妻子急得没办法可想，又要请人去庙里求神。被陈爱聪一把拉住了，说："急啥嘛你，我哪是有病，我是在想刘玉珠……"

"啊！你在想刘玉珠？"

"我是在想刘玉珠说的那些话。"

"她给你说啥话来着？"

"她骂了我，也救了我。"

"噢！"妻子似乎没有再问这事儿的心思，心痛地对丈夫说："你想吃点啥？说说我给你做去。"陈爱聪深情地望了一眼妻子，心想还是妻子疼我，便抓起妻子的手吻了一下，说："我想吃点酸面，越酸越好。"妻子好像领了圣旨，急不可待的转身进了厨房。

一星期之后，陈爱聪又精神焕发地回到了厂里，首先，他派人找来刘玉珠。刘玉珠像什么事都没有发生过似的大大方方地走进陈爱聪的办公室，问："陈厂长，找我有事啊？"陈爱聪也和往常一样沏上茶放到她面前，这才坐在刘玉珠对面的椅子上，望着刘玉珠深情而真诚地说："小刘啊，我得感谢你。"刘玉珠端起杯子呷一口茶，笑了笑，没有说什么。陈爱聪又说："小刘，今天我请你来，有两件事情要求你。"

"哦！什么事，你说吧。"刘玉珠有些意外，端着茶杯发愣。

"第一件，我请你当咱们厂的会计。"

"这个？"刘玉珠略一思索，便说："只要你信任我，那行。"

陈爱聪感激地对刘玉珠说："小刘，你是咱们厂唯一的高中生，以后你要好好地帮助我把咱厂的事情办好，今后对我有什么意见可以跟我当面提，工人们对我有什么要求和意见欢迎来我这儿说。第二件事，贵生以后的学费我付，每月我保证不少于一百元，行吗？""哎呀，陈厂长，这就不必了，我能供得起他，再说他也用不了那么多。"刘玉珠急忙插话。"小刘，你听我把话说完，从现在起我付给他学费。但是我有个要求，我希望他毕业以后，能回到咱们厂来，接替我这个厂长的职务。小刘，你不知道我这个厂长干的可真累啊！"

刘玉珠理解地点点头，说："陈厂长，你的这个意思我一定替你

103

转告给他，咱们尽量争取，估计他会回来的，至于学费嘛……"陈爱聪摆了摆手，说："小刘你没有理由拒绝，今天再没有别的事，你就忙去吧。"刘玉珠又像往日一样娇气十足地说："还不让人把这杯水喝完了嘛。"陈爱聪笑笑，说："那你喝吧！"然后就匆匆的忙起他这几日落下的工作。刘玉珠不知什么时候悄悄地离开办公室，他竟不知道。

第二天他去了镇上。先到税务所补交了一笔数目可观的"个人收入调节税"。又到镇上那座唯一的中学去，找到校长，拿出两万块钱捐献给学校，要求设立"陈爱聪助学金"，并且说他以后每年拿出一部分钱帮助经济困难的学生购买书本。最后又来到乡政府，把他的第一封入党申请书郑重地交给乡党委书记，并且主动提出，增加砖瓦厂每年给乡上的上缴比例。补交以前没有按规定交清的全部款项。

走出乡政府大院，穿过几条窄小的，泥泞难行的小巷，拐了几道弯，终于走上了宽阔的大道，陈爱聪便跨上自行车快速的前行，厂里还有很多很多的工作在等着他做。

走出荒院

此刻日头已经西斜了，整个村子静如子夜。

六十八岁的赵三刁老汉手里捧着一个棋盒，胳肢窝下夹一块画有棋盘的三合板，趿踏着一双软拖鞋，嘴里叼着一个足有二尺长的旱烟锅，迈着平稳的脚步优哉游哉地蹽进了破院。他来到那棵老柳树下面，把棋盘和棋盒放在碾盘上，手搭凉篷眯缝着昏花的老眼转着圈儿向院子四周打量了一番，嘴里念念有词："七爷？七爷咋闹的，都这时候了，难道还躺在炕上挺尸？"之后，他便也懒洋洋地倚着树干斜躺在了树荫下，舒服地合上了双眼。

打从他赵三刁记事起，这里就是村里最热闹的地方，是一富户人家开办的磨坊。明着是磨坊，实则是个赌场。一年四季总有很多村里村外的人出出进进，来来往往。新中国成立后，磨坊归了公，这里也着实热闹过一阵子。但是后来随着农业机械的推广应用，磨坊日渐衰落，最后终于被人们废弃、遗忘了。这块几十年前的烟柳繁华地，想不到如今竟荒凉至此，剩下的只有这棵将朽的老柳树了，孤独得就像个举目无亲的老人。

三年前，也就是他过六十五岁生日那天，女婿女儿强行宣布他正式"退休"。从那以后，屋里屋外的轻活重活全都不让他干了。闲得无聊，整日游出转进的，觉着日子比年还长。忙活了一辈子的人，骤然间闲下来，不但觉不出安享天年的幸福，反而平添了几分凄楚与孤独。女婿就跑到集上给他买回了这副碟子口大的象棋。碎娃，过日子细得像磨石，花几块钱买这没要紧的玩耍之物，就不肉痛？这几年女婿女儿在他身上还真没少投资，虽然家里的日子过得并不富裕，可总是让他穿新戴好，吃香喝辣。他的生活倒是过得挺滋润哩。话又说回来，这也不是说儿女们对他有多孝敬，是赶点儿上了。如今朝事稳当，太平盛世的，百姓自然也跟着沾光哩。他赵三刁虽说糊涂，但这个理儿还是能悟出来的。活到这把年纪，能遇上眼下这好年月，也算是难得的福分。说也怪，自从有了这副棋，他和老棋友七爷有事没事地坐在一起下棋，说闲话，日子过得美多了。说句羞口的话，还真怕死得早哩。

说到七爷，七爷不知闹啥咧，都三天没有露面了。

他和七爷在棋盘上争夺了近四十年天下，可直到现在还没有分出个高下来。这些年他俩都成了无事之人，经常坐在家里下棋也觉着有诸多不便，于是就找了这块属于他俩的乐土。他俩一旦杀将起来便大刀阔斧，不遗余力。有时甚至为抢吃对方一个"卒"而唇枪舌剑，争得脸红脖子粗，直到争得"将"困"帅"乏，棋兴大煞之时，便面对这棵老柳树和这个不知用了几代人的破碾盘大发思古之幽情。三十年前的陈谷子，五十年前的烂糜子都在话题之列。有时借助这儿较高的地势俯瞰全村的屋舍院落，牛棚马圈，指点江山，道彼家之长，说此户之短，评鸡论狗，骂一阵黑了心肝、损公肥己的某村干部，咒一阵虐待父母、打公骂婆的某不肖之子。每每总要待到那日薄西山，饥肠辘辘之际才拍打着屁股上的尘土，一步三摇地往回走。

……

一阵紧促的脚步声，赵三刁睁眼望去，见来人不是七爷，却是本村名唤秃子的一位青年。秃子右手提一把斧子，左手拿一团雪白的尼龙绳，急急忙忙地进了破院。他只往高处瞅，不往低处看，几步跨到大树下，险些踩在了赵三刀的脚面上。三刀老汉急中收脚，口里道一声"慢来"，反把秃子唬得一跳，一只提起的脚一时没处着落，身子失去平衡，一跤扑倒在碾盘上，打翻了棋盒，棋子哗啦滚落了一地，于是老少二人便相视而乐。

秃子弓身拾拣着地上的棋子，问道："赵爷，这里刚才有人来过吗？"

"没见着。你这是弄啥哩？"赵三刀慢腾腾地说。

"这儿的基建明天就要动工了，说定今天下午先砍这棵老柳树的，不知他们怎么这时都还没有来。"秃子说完，放好棋盒，又转身匆匆忙忙地走了。

赵三刀一听此言，不知是惋惜这棵老柳树，还是因为将要失去他和七爷的这块娱乐之地，反正心里觉着不是个味儿，便黯然垂首，闭目塞听，静静地思考着自己的心事。不觉七爷已站在跟前，相对无言，唯有一笑而已。

七爷七十开外，面容清瘦，一身宽大的青布衣衫包裹着他瘦小的身躯。

七爷来到碾盘前，摸索着从怀里掏出一瓶没有启封的酒。赵三刀上前细看，正是他平日爱喝也常喝的"老窖"，不解地问："七爷，你是要在这里喝？"七爷点了点头，又从怀里摸出两只酒盅放在碾盘上。赵三刀哈哈一笑，说："看你这人，有多少酒坐在家里喝不好，大热天跑到这里吸着风儿往肚里灌，醉不死才怪哩！"七爷微微一笑，冲着赵三刀一指碾盘跟前的石头，说："坐，咱老哥俩今儿个喝几盅。"七爷有些不快，捋着胡须讷讷地说："我家那个老不死的，不知道是怕我比她多活两天还是咋着，明晓得我就爱喝口酒，可每天给我多则二两，少则一两，往盅子里一倒，马上就把酒瓶锁柜里了。今儿个我瞅着她忘了锁柜，就故意装睡，等她出去了，拣满当的让我给揣来了，美美儿解顿馋。"说着就在碾盘的边儿上开了瓶盖，战战兢兢地给两个杯里斟满酒，自己先迫不及待地端起放在唇边嗅着，催促赵三刁道："喝，瞅着干啥呢？"赵三刁急忙说："你喝，你喝，我这两天气管炎又犯了，不敢沾。"七爷哼了一声，脖子一扬，喝了个杯底朝天……

一连几杯下肚，七爷的脸有点发红。他放下酒杯，用手揩额头的汗，望着对面坐着的赵三刁，长长地叹息了一声，说："咱俩一到这儿，我就觉着心里轻松了许多，一进家门，我那气儿就不打一处来，头都觉着大了，咳！"

"这几天没见你人影儿，我就知道你准是又跟家里怄气哩。"

七爷又接住话茬道："三刁，你不知道，我那家事儿瞎了，儿子儿媳，孙子孙女他们都跟我家老婆子是一党。我活在世上敢情成了挡他们路的一疙瘩石头，就合着把我往死里欺整哩。"

"七爷，听你这话说得。"赵三刁抽着旱烟不以为然地说。

"上月那件事你是知道的，大孙子顺民从月亮山牧场里买回了三十只绵羊，我就给儿子说，咱农家小户的，养牛养羊是本分，顺民有这群羊就够他干了，把那拖拉机卖了，把家底儿再不要往大里摊，反正家里也就只有你们几个劳力，贪多嚼不烂。把二十来亩地种好就对了，能吃饱穿暖就知足。咱也不要挣扎着做什么万元户，人总是不要冒尖的好。可他们把我的话全当耳旁风，你估摸顺民出了个啥歪点子？"七爷愤愤地说，"跟秃子一商量，两家的羊合成一群，就把放牧的活计包给了个从甘肃跑到咱这儿来寻副业的人了。先前，他们将这事瞒着我，直到前天后晌顺民领回一个生人，我一问才知道是这么回事。我一听肺都气炸了，把我看的比外人还外。我七十多的人了，苦口婆心地给他们说好话，帮他们理家事，是为了我吗？真想不到儿女们竟这样看待我，一片好心全变成驴肝肺了。我总想着把自家的活给别人往外包，怕不是个好主意，到时候政府的政策一变，有他们吃不光、兜着走的呢！"

赵三刁慢条斯理地在盘边儿上磕着烟灰，附和着说："这号事按说也是够人窝火的，可子大不由父，女大陪嫁布，这也是古之常理。我说七爷家里的那些麻烦事儿，咱们管也管不到那里，倒不如啥也别管，落个心闲。儿女们的日子就让他们自己谋划着过去。只要有你的酒喝，我看就成。"

七爷又拿起酒瓶倒了一杯酒，端起来往嘴边送。赵三刁见他已喝得不少，赶忙站起来拦挡。于是他便只好放下，从怀里摸出一包卷烟，抽出一支夹在指缝里，把烟盒往赵三刁面前一扔，说："你吃，这个比旱烟顺和些。"

赵三刁划着一根火柴，歪着身子凑过去给七爷点烟，并低声问道："我听说你家把黑白的换成带彩的了，是孙子昨晚睡在我怀里跟我透的风，是不？"

七爷睁大眼使劲吸了口烟，然后用食指弹着烟灰，愤然道："咱俩早就议说过，那玩意儿压根就不是个正经货，如今又嫌黑白的不好，买了一台有颜色的，有钱不往正路上使，拿一千多块买着看影娃娃哩，你说能不让人上火吗？"

"哈哈，我说您老就甭上火，咱老弟兄一辈子没多花几个子儿，还不是照样穷得没裤子穿？"

"花钱不买好，三刁，你不知道，我家那几个娃娃全都被电视给迷邪乎了，直到晚上十二点，就像钉在板凳上一样。那上面很少唱《五典坡》，也不大演《调美案》，多是些瞅对象的。昨晚上我看了一阵子，开头的几折戏还好，是比武哩，人家那武把子耍得真格美。可后头又是个啥家子舞会，就不成个戏了。一个穿着裙子光着半截子小腿的大女子勾着一个男人的脖子，那男的搂着女子的腰，推磨一样踮着脚尖转圈圈，两个还不住的头对着头，脸挨着脸粘在一起亲嘴嘴哩。你想，娃们都大了，少男少女的，看了这号勾男逗女的戏，能不往那邪点子上动心思？"七爷伸着脖子对着赵三刁的耳朵，小声说，"当时，一家三辈儿人都在，我就不敢往那上面瞅，叫他们关上睡觉去，他们不听，照样坐着看。我就出来了，气得没法，拿了一把铁锨把院子里那杆儿上吊下来的天线给铲断了。"

"看你这人！"赵三刁笑着责怪七爷。

"为这事，几个娃倒是没敢言喘，可老婆子就跟我斗开了。我说不是那些东西引诱，兰花能做出那档子丢人现眼的事吗？"说到这里，七爷自觉失口，端起碾盘上放着的那一杯酒，吱溜倒进了嘴里。

赵三刁一听此言，知道七爷已有了几分醉意。关于兰花的那件事他已早有耳闻，只是碍着七爷的面一直没有说起过，今天也不便追问。家丑不可外扬嘛，谁家炕旮旯里没有屎底子？

两位老人静静地坐着，默默地抽烟，吸进去一口，吐出来三股。好一会儿后，赵三刁突然记起刚才到这里来过的秃子，感慨地说："人真是个没长尾巴没处估的东西。你看秃子那娃，小时候念书没相，光初中念了五年还没有混上一张毕业证，可这几年也出息了，把那生意都给做上手了。"

"我说三刁，你也别盯着钱儿估量人。秃子那娃根本就不是个正经人，一肚子花花肠，面子上人言人语的，可拐过弯儿就尽做些肮脏事。别的不说，你就看他那一身穿戴，花里胡哨的，头发比女人还长，像

110

个啥样子？我瞧着就犯病。说到根基，他爷爷是旧社会吆骆驼的，下九流的脚户出身。"七爷愤愤地说。

赵三刁深知七爷厌恨秃子的缘故，嘿嘿笑着没有发话。

"我家顺民就是跟上秃子学瞎的。咱们祖祖辈辈都是正经庄稼汉人，咋能去做那买卖呢？我常跟顺民说，教他不要再跟着秃子往邪路上走，可他就是不听，光知道做生意赚钱。现今个钱，非金非银，弄上那么么多纸票票顶屁用。唉！我真拿这号混账儿孙没办法。"七爷无可奈何地长叹了一声，拿起酒盅又准备往里面倒酒，赵三刁赶着抢过酒瓶，把盖儿旋上了。

过了一会儿，赵三刁又说："前些天，我听说村里要办个啥工厂哩，地方都选好了，但这几天又没了动静。我想着怕是人瞎吆喝，也就没有去打听。刚才秃子跑进这里来，说是要砍这棵老柳树，厂子明天就要动工哩。"

"这事我晓得，还不是秃子承的头。我家顺民也跟在一搭儿鬼混。如今的这些年轻人，我就不知道他们是咋想的，更悟不来他们是要成个啥气候。"七爷抬头望着天空中那群展翅飞翔的鸽子，忧心忡忡地说："三刁，咱们这几十年不知是怎么活过来的，如今老了，倒是没有一件顺心的事。前天，我那小女儿，就是嫁到狼耳朵岔里的九女儿来看我，我见她还是和从前一样，身轻体灵的像个姑娘。夜里睡下我就跟老婆子说，咱家九女过门都快十年了，咋着就只生了一个女子，莫不是这娃有啥病？那李家几辈单丁独户，自从咱家的女儿嫁过去，我总想着能给人家多生几个儿子。可老婆给我说，人家九女两口子早就领了独生子女证。气得我一宿没合眼。你说，这不是咱家的九女把那李家的烟火给绝了？门户给灭了？"

常言道，见了矮人，别说矮话。赵三刁膝下无儿，只有一女。一

111

听七爷这话，好像一把钝剑戳在了他的伤疤上，悲怆之情油然而生。他顺手端起碾盘上放着的一杯酒，一饮而尽，随之大咳起来。咳罢，他用巴掌擦着脸上的眼泪和鼻涕，结结巴巴地说："哎唷，这酒辣得够呛。"

一句话出口，七爷也觉着话说的不是地方，便闷下头吸烟。

石碾旁，古柳下，两位皓首银须，老态龙钟的老人端坐于青石之上，一位捋须沉思，一位闭目养神。时光在无言的沉默中悄悄地流逝，流逝。

随着一阵放肆的说笑声，秃子领着一伙青年人走进了荒院。

两位老人不约而同地瞥了一眼，又颓然垂首，谁也没有和青年人打招呼，仿佛这里依然只有他们两人。

"哟！七爷跟赵爷跑这儿喝上了！"

"呵！您二老美得真够劲啊！"

一伙青年走到石碾旁七嘴八舌地乱咋呼。

半晌，七爷慢腾腾地抬起头，疾言厉色地问道："你们这是来做啥？"

秃子举起手中的斧子，笑着指了指身旁的老柳树。

七爷又说："听说你们要在这儿建厂子，建不建我不管，可这棵老柳树不能砍。"

秃子把斧子递给顺民，走到七爷跟前，摊开两手为难地笑着说："七爷，这您就给孙孙出了个难题。这么大的一棵树，差不多占去了院子的三分之一空间，不砍怎么盖房子呢？再说，这树都快枯死了，留着有啥用呢？"

"不管咋说，这树不能砍。"七爷微微眯着眼，扬起头坚决地说。

"不挖这老的，不砍这朽的，就修不成好的，建不成新的。"顺民举起斧子狠狠地在树干上剁了几下，故意惹逗七爷生气似的。

"顺民，来，我知道你看着我活得讨厌，活得多余，你就拿斧子在我脖颈上砍嘛。何必对着老柳树耍你那二杆子威风。"七爷真的火了，指着顺民骂道。

秃子见状，使劲瞪了顺民一眼，急忙赔笑道"七爷，您老人家不要生气，这事好商量嘛。来，咱爷孙俩先杀一盘。"

"秃子，你小子少跟我使你那八哥嘴。你说，这树留还是不留？"七爷怒不可遏，咄咄逼人地追问。

秃子面有难色，一时哑然难答，叉开五指梳了梳长长的头发，冲着顺民他们使了个眼色，一本正经地说："七爷，我知道您老人家是高手，看不上和我们这号不够对头的下。可咱俩今天下这盘棋，不是为玩。你看，如果这盘棋我输了，那我们保证不在这儿建厂子，如果是您老人家输了，那可就得由着我们干呢，七爷，您看呢？"

"秃子，你这是要话还是实话？"沉默了半晌的赵三刁听了此话，猛然抬起头问。

秃子急忙转过身来，对赵三刁说："赵爷，我说的是实话。"

七爷仍带着三分怒气，粗声大嗓地说："秃子，你这娃说话算数？"

"七爷和赵爷听着，如果我秃子说话不算数，那就让我死在三伏天去。"秃子一只手拍着胸脯，一只手指着苍天赌起咒来。

七爷和赵三刁都觉得成竹在胸，满有取胜于秃子的把握。相互交换了一下眼色，赵三刁便在碾盘上摆正棋盘，把棋子倒在上面，站起来指着棋盘，笑嘻嘻地说："那就请吧。"

于是一老一少，相对而坐，摆开阵势大战起来。

赵三刁挪了挪屁股下面的石块，坐到了七爷跟前，两位老人共同对付起面前的这个"敌人"。

两位老人的棋艺娴熟，布阵严谨，频繁地向秃子的棋阵发起攻势，使秃子有点吃不住劲儿，只顾防守，无暇反击。出人意料的是，半个多钟头过去后，两位老人不但没有攻破秃子的防线，倒还折了几个棋子，布局有些松散。秃子便乘此良机，转守为攻。很快，秃子的红棋就占了绝对的优势。尽管两位老人绞尽脑汁，极力挽救，无奈败局已定。最后，秃子一鼓作气拿下了七爷和三刁的"老爷"。

输了棋，赵三刁觉得脸上像被人打了一巴掌似的烧。这方圆十里八村的人谁不知道他和七爷的棋下得好，可今天这是咋了？他俩联手惨败在秃子的手下。真是太窝囊，太丢人，太委屈了。此刻他恨不能寻个地缝钻下去。

七爷战战兢兢地站起来，额头上豆大的汗珠往下滚，直愣愣地望着眼前的老柳树，那双深陷的眼窝里注满了清凉的老泪。

顺民他们一伙看着七爷痴呆的样子，都忍不住笑了。

秃子上前扶住七爷的胳膊，真诚地说："七爷，您老人家别生气，工厂嘛，我们是要建的，可那地方就根本没有选在这里。明天在这里动工修建的是村里的文化站，还要建两间专门为咱村老年人提供娱乐场地的'老年人娱乐室'。等几天建成后，你们就可以坐在窗明几净的房子里下棋、打扑克，总比现在您老坐在这树荫底下的强吧。"

七爷听了这话，毫不犹豫地把目光从老柳树上移开，勾头看着身旁的秃子。瞧他那副惊讶的表情，仿佛秃子是个他从未见过的怪物。

赵三刁抿嘴苦笑了一下，说："秃子，你娃娃用好话哄我们这些老年人，难道不怕生舌疮？"

"赵爷！我若说假话骗你，就让我死在三伏天。"秃子急了，又拍胸赌起咒来。

七爷听罢，不知是喜，还是悲，莫名其妙地冲赵三刁一笑，端起碾盘上放着的酒瓶子，拧开盖儿，嘴对着瓶嘴把剩下的半瓶酒咕嘟咕嘟灌进了肚里，然后把空瓶朝柳树下一扔，倒背着双手，"夸父"般向着那一轮冉冉西坠的落日摇摇摆摆地走去。

赵三刁呆望着七爷渐渐远去的背影，猛然大喊一声："七爷慢走，老弟我也来了。"便起身头也不回地跟上七爷走出了荒院……

诗　人

　　吃罢晚饭，他跑到村委会前面的场院里和村里的那帮子闲人海吹神聊了一会儿，架不住牌友们的劝说，忍不住又玩了几把麻将，本想把昨天傍晚输掉的几十块钱捞回来，谁知这几天手气不好，结果又搭进去十多块钱，直到夜色朦胧，月上柳梢的时候才回到家里。

　　走进自己那间小小的卧室兼书房，转身反关上房门。一来省的几个暴徒似的小侄子进来干扰，二来他要有一个独立的空间来施展自己的才华，完成自己的宏愿。然后便摁亮台灯，正襟危坐于窗前的书桌旁。首先，拉开抽屉，取出那盒子亲爱的"公主"牌香烟，千万小心可再不能让爸妈瞧见自己还在抽烟，他机智地抬头瞭了一眼窗外，随即站起来把窗帘拉严实，这才万无一失地重坐回到椅子上，跷起二郎腿放心大胆地把香烟叼在嘴上，点燃后津津有味地吞云吐雾，烟雾迷蒙中他伸手打开自己新买的笔记本电脑，为了专心写作，他没有连接网络，而是直接点击 Word。屏幕上白净的页面就呈现在他的眼前。

　　为了这台自己心爱的笔记本，他在建筑工地上整整抱了将近两个月的砖头。手上不知磨掉了几层皮，感觉差点儿要了他的命，好不容易才挣够了买笔记本的钱。这是他从县职业中学因为打架被学校开除后干的第一件大事。他立志要让把他骂得狗血喷头的家人和邻居，当

116

然还有那些熟悉他的老师和同学看看，他也不是平地里卧的兔儿，他要干出一件或者更多常人很难做到的事情来证明自己的不平凡。他就不信，凭着自己的聪明难道还有做不成的事？在这一段抱砖头的苦难历程中他悟出来许多道理：凭苦力是挣不了几个钱的，更别说是出人头地了。包工头一块砖头都没抱，一月拿的钱足足是他们这些下苦人的几十倍。

在被学校刚开除的那段灰暗沮丧的日子里，他心里承受着巨大的压力，对未来感到一片茫然，整日灰头土脸，无所事事。走到村里，人见人问："还没放假呢，你咋回来了？"他不知道该怎么回答，嘴里胡乱应承着就走开了。其实他知道村里人是明知故问哩。世界上没有不透风的墙，何况村里还有几位在一个学校上学的同学呢。回到家里，老爸老妈也没个好脸色，好像欠了他们一笔永远都还不清的债一样，让人感到憋屈得很。一气之下，他就跟上村里在建筑工地打零工的小伙子去挣钱。本想挣了钱，就再没有人瞧不起自己了，可那时候真的不知道干体力活儿的辛苦。俗话说，苦难吃，钱难挣，这话一点儿都不假。三天以后他就后悔了，但是想起临走时，爸爸不以为然地对他说："怕是干不上三天就回来了。"就因为这，他才咬着牙坚持了快两个月。

在工地上累的感觉都快要死的时候，他仰躺在坑洼不平的砖码子旁边休息，脑子里胡思乱想，自己是个学生，大小也算个知识分子呢，怎么就跑到这里受苦？说实话这会儿他真的有点后悔。当初怎么就光知道自己痛快，不知道别人的痛苦呢？经常领着几个"铁哥们"没事找事儿，学着武侠小说里描述的场面惹是生非，打架斗殴。要是多少用点儿心念书，现在也不至于混到这步田地。这简直不是人过的日子。他不甘心就这样在建筑工地上当一辈子"小工子"。说什么也得给自己找一条出路。为此他苦思冥想，绞尽脑汁。

这些年自己在学校里虽然数理化学的一塌糊涂，但却也读了不少书，自从没有考上高中而太有些屈才地上了职业中学后，他就对上课完全失去了信心，整天躺在宿舍里看一些自己喜欢的书。凭良心说除了课本之外，他还是一个比较喜欢读书的人，就像古龙和金庸的武侠小说只要是他能找到的几乎都读了，而且不止一遍。除此之外还有那些言情小说和侦探小说他也喜欢读。总而言之，自己是个读书人。读了这么多的书难道白读了不成？学以致用嘛，自己为何不学学金庸老先生，写一部书？最好再能拍成电视剧或者电影那该多美啊。哼，到那时候自己不就出名了吗？说实话这两年在学校里连一篇作文都懒得写，经常偷着抄别人的作文来应付差事。写书！自己是那块料吗？可话说回来，啥事儿不是人干的？就不相信那些写书拍电影的人比别人多长一疙瘩脑子？写书不就是编故事吗？这有啥难的，总比在这里吃苦流汗轻松吧。经过几天的深思熟虑，他总算给自己的未来规划了一张美丽的蓝图。

有了既定的目标他感觉很充实。所以他首先用自己将近两个多月赚的血汗钱买了台电脑。为他实现自己的宏伟理想创造了条件，就不相信自己写不出来，世上无难事只怕有心人。

要说写书，写短一点儿的他感觉没啥意思，他这人就喜欢干大事，小打小闹不是他的风格，总想着不鸣则已一鸣惊人嘛。但是长篇的又太麻烦，估计短时间内不会有啥成就的，就像《天龙八部》那么大部头的作品，不要说让他写，就是让他抄一遍也根本办不到。这几天他为此考虑了很久，最后决定还是写诗。比起写小说写诗就容易多了，再说他也很仰慕诗人的派头和气质，他要是能成为一个诗人那该多神气？废话，写诗的人当然就是"诗人"啊，这还用说。

诗歌不就是长一行短一行，一行一行写的嘛？听人说诗的稿费是按行数算的，一行诗大概是两三块钱的样子，这原来写一行诗比他抱一百块砖还挣得多呢，难怪那些诗人都那么牛气。啧啧，真不错啊。按这样计算，我一天晚上不要多写，就写四五十行，也能挣一两百块钱呢。哈，这比抱砖强多了，看来以后再不必跑到建筑工地上去当牛作马，挨骂受气了！不是说男怕选错行，女怕嫁错郎嘛，自己如果就这样在建筑工地上干下去，那就等于葬送了自己一辈子的大好前程。写作是自己的事情，不看别人脸色，自由自在，多好啊，名利双收，早上还可以多睡几个小时的懒觉，自然也就无须再为弄得几个抽烟钱而挖空心思了。诗人么，抽烟能花几个钱！

决定了写诗之后，他兴高采烈地一边抽着烟一边想，这诗写好以后该往哪儿投？市上省上都有文学刊物，但他觉着都不怎么理想，地方性刊物其实都很不起眼。他要的是"一举成名天下闻"的那种效果，要投稿就要往那些在全国乃至于全世界都有重大影响的刊物上投。不是说有一家名叫《诗刊》的杂志吗？好像是中国作家协会主办的，他虽然从未看到过，可是光听这刊名就挺响亮，想必是一家权威性的诗歌刊物。对，就往《诗刊》杂志上投。最好自己的诗歌处女作在诗刊上发表后，还附上自己的照片和简历，嗯，最好能有一位名家的点评文章也一同发表，那才叫一个牛呢。呵呵，只要自己的诗写得好，当然这都完全有可能，到那时候谁还不对他刮目相看？哈哈！那时候就成了名副其实的"诗人"了么。

突然嘴唇一阵灼痛，他这才从梦一样的境界里清醒过来，突然明白烟已经烧到了嘴边，急忙吐掉烟屁股，再续上一支继续抽，最近不知啥原因，他的烟瘾也见长了。其实抽烟对诗人来说是非常有益的，甚至是不可缺少的，君不见诗人自古多烟神，那精美绝伦的诗句不正是借助诗人悠悠然地吞云吐雾而雨点般地降临到稿纸上的吗？这就无怪乎他对于抽烟总是一往情深。这才明白，原来他骨子里有一股诗人的气质。

借助于香烟的魅力，他的思绪就像一匹脱缰的野马，在自己理想的大草原上驰骋。于是乎，他仿佛看到了诗仙李白，还有诗圣杜甫，以及现代诗人郭沫若、艾青……热情地欢迎继他们之后祖国又一位伟大诗人即将走上诗坛，诗意的原野上，花香充鼻，掌声盈耳……不知不觉第二支烟又成了"蚂蚱"，毫不犹豫地又拿出一支来继续抽，不知过了多长时间他猛然一低头，看到面前洁白的电脑屏幕，脱缰的"野马"便瞬间消失了，思绪又回到了现实中来，觉得刚才好像做了一个梦。

吸着烟，瞅着面前的电脑，他觉得到了动笔的时候了。于是他仰着头微微闭着双眼苦思冥想，脑子里就像糨糊似的一片混沌，怎么也理不出个头绪来。诗是语言的精华，可他这会儿不知咋了，连一个词儿都想不出来，更别说写了。就这样第四支，第五支……一盒烟都快抽完了，可电脑上还是没有敲上去一个字。抬头看一眼桌上的闹钟，已经是晚上十二点多了，伸了一下懒腰，打了一个长长的哈欠，猛然感觉到眼皮上就像挂了秤砣一样越来越沉了。时间不早了，看来诗的灵感今天晚上不来光顾自己了。他站起来，泄气地自言自语："别再熬了，睡觉吧，要不明天早上起不来，老爸又骂我睡着了就像一头死猪，再说，想要实现自己的理想，当一个了不起的诗人，也非一夜之功啊。何必自己跟自己过不去呢？"他顺手关掉电脑，一个鹞子翻身就蹦到了床上。

头挨到枕头上，时间不大，他就鼾声如雷了。

洋芋婆

　　黄昏，日头像一个烙熟了的锅盔，慢慢地滚下了西山，热度烧红了天边的几抹流云，天空就像飘荡着一缕一缕的彩带，初秋的晚风惬意地抚慰在脸上，痒痒地舒服。三爷直勾勾地看了一阵子变化多端的天空，自言自语地说："该到回家的时候了。"说完，吆喝着他的羊群，慢悠悠地朝村里走，他走在前面，他的羊不近不远地跟着他。

　　下了山，刚走到村道上，看见前面不远处好像是一堆烂布，静静地在路边摊着，三爷不急不缓，等慢慢地走到跟前了，才看清是一个斜躺着的人。这人衣衫褴褛，披头散发，奄奄一息的样子，好像病得不轻。三爷不由地止了步，站在旁边打量了一会儿，那人没有动也没有睁眼，三爷忍不住喊道："喂，喂，你是咋的了？咋睡在这荒山野外？"那人听了才慢慢抬起头，睁开眼睛，有气无力地说："我，我……实在一步都走不动了，就睡……睡下不觉就睡着了"。三爷这才看清楚原来这是个女人，只是面色憔悴，人瘦得皮包骨头，根本看不出大致的年龄。三爷弯下腰问："你是病了？""不，我没病，我只是饿的，三……三四天了我水米没打牙。"女人用微弱的声音说。三爷听了也不觉着奇怪，因为这年头饿死的人他也见的多了。三爷蹲下来，伸手扶起这个女人，沉吟半响，犹豫了一会儿，慢腾腾地从怀里掏出两颗烧

121

熟的洋芋，洋芋还有点烫手，三爷颤巍巍地递到她手里说："吃了吧！吃了就有力气了，爬起来再顺这条路走，不到两里路就到村里了，进了村兴许能要上一口饭，寻一个过夜的地方，躺在这里不要说狼，野狗都就把你吃了"。说完，三爷站起来头也不回就追赶他的羊群去了。

进了村，三爷把羊赶进圈，关好圈门，胳肢窝里夹着羊鞭，径直就去了村里的大食堂，估计正是打饭的时候，三爷饿的肚子里直发烧。食堂不远，就在村里新中国成立前地主家的大院里。

从灶房里端出一大黑碗能模糊地照出自己眉毛胡子的不知啥面煮的清清的面汤，三爷蹲在院子里的土墙下面，其实连筷子都不用，稀哩呼噜几口就喝得差不多了，看到碗底剩下一坨子比较稠一点的，没舍得往光里喝，双手捧着碗一溜烟回家了，家里还有个卧病在床的老娘，让她老人家喝点稠的或许会好起来的。端到家里，娘说她自己的一份她喝了，这点稠的还是你自己喝了吧！推来让去，最后娘还是没犟过他，把他留下的这点稠粥喝了。三爷看着娘喝光舔净了，心里自然高兴，就对娘说："今儿下午，饿的我眼前发黑，就和邻村的羊倌偷着钻进洋芋地里，剜了几个洋芋，在山沟里垒锅锅灶烧着吃了。本来趁那个羊倌不注意，我拣了两个大一点的揣到怀里，想着拿回家给您吃，谁知道回家路上遇到一个快饿死的人，我心里不落忍，就给了她，要不然娘你今天就能吃个饱呢！"不料娘听了这话，没有责怪和抱怨他，倒一个劲儿说："我的娃做的对，娘有一碗面汤就足够了，让那人吃了兴许能救她一条活命呢。"听了娘的话，三爷心里便有几分沾沾自喜。

和老娘还有哥哥嫂子坐着说了一阵子话，不觉已经天完全黑了下来，老娘今天多吃了点，看起来气色好多了，也有了精神。于是三爷便放心了许多，三爷心想，看来娘的"病"主要是饿的，今后得无论如何想办法让娘多吃点东西，等秋后有了吃的，娘或许就能挺过去的。

到睡觉的时候了，三爷走出自家的院子，抬头望一眼天，星斗璀璨，蓝天如镜。想必明天是个好天气。三爷踽踽地朝羊圈走去，他是个放羊的，晚上得住在羊圈外面的小土坯房里看羊，这是他的职责，放羊看似轻松，实际上是个操心的营生，风雨无阻，昼夜不安，时时刻刻得操心，晚上也不能睡得太死，不然就会丢失羊只。不光怕狼，也更怕偷羊贼，这年头不管是野物还是人，八成都饿着，只要是能吃能充饥的东西都得提防着，不能有丝毫的马虎大意，万一丢失一只羊，自己一来赔不起，二来不好给生产队交代。想到这里，不由地加快了步子。

也不远，一锅烟的时候就到了羊房子跟前，三爷站在羊圈门前隔着木条子门往里看，羊大多已经卧下反刍。羊圈里安静且安详。三爷知道没有什么问题，便畅快淋漓地撒了一泡尿，一边系裤带一边往羊房子跟前走，从怀里掏出钥匙，准备开门，猛然发现门前有个人圪蹴在那儿。三爷不免有点吃惊，更有些意外，低下头，借着迷蒙的夜色，仔细瞧了瞧，发现原来还是他回家时碰在路边的那个女人。那女人这时候也发现了站在面前的三爷，略微动了动，怯生生地说："大哥，是我！"三爷迟疑地问，"你……你咋又跑到这里了？"那个女人听了三爷的话，慢慢坐起来，双手合十，祈求道："大哥，吃了你给的洋芋，我就跟着你走的这条路摸到这儿了，大哥行行好，今晚让我在你这屋里过夜，深更半夜地，我人生地不熟，实在没地方去。"三爷听了一口拒绝："那咋成呢嘛，我是个单身汉，再说就这么巴掌大的个地方，你住了，我哪儿去住，再说我住这里晚上还要操心羊呢！"女人听了还是一个劲儿求他："大哥，就让我凑合一晚上吧，你睡在炕上，我就在地下爬到亮也好啊！"说着说着就哭了起来。三爷平生见不得女人哭，这女人一边哭一边求他，这时候他也禁不住眼泪汪汪的，实在是六神无主，想不出一点办法，默默地站了一会儿，揉了揉眼睛，开了门，伸手拉起面前的女人进了屋。

三爷把那个虚弱的一点力气都没有的女人扶进屋里，让她坐在炕上，自己就站在地下，看了看，啥话都没说，就转身出来了，他急匆匆地又回到家里，把这件事一五一十地说给娘听。娘听完叹了口气，说："哎，谁家的娃娃可怜成这样子，你过去把她领到家里来，今晚就让她和娘一起睡。"听了娘的话，三爷如释重负。

把那个女人领进娘的屋里，三爷再没敢多逗留，转身就去羊圈房里了。家里没有一口吃的，娘喊来嫂子，给女人烧了点水，喝了，洗了脸，也就和娘一起睡了。

第二天早上，娘起了个大早，战战兢兢地摸索着下了炕，手扶拐杖，一步一步艰难地走出家门，走向生产队的食堂。不出她的所料，队长果然已经到了食堂，娘一把拉住队长，声泪俱下地说："他碎爸（队长是她的远房小叔子），嫂子我今儿有件事求你，你千万要答应。"队长扶住她的胳膊问："啥事你说？不要哭了！只要能办到我一定答应。"于是娘用袖子揩了揩眼睛，就把昨晚三娃（三娃是三爷的小名）领回来的那个女人的事儿详细说了。最后央求队长把她留下来，在食堂里给她打一份吃的，不然就会饿死的，那女子现在连走路都困难，我们不能眼睁睁地看着让她饿死在我们村里。队长听罢，面有难色，他用手挠着自己乱草一样的头发，结结巴巴地说："嫂子啊！这事不好办，你知道的，最近粮食紧缺得很，我们连自己都没办法维持了，哪里有吃的给外面来的人？"可是娘却一把鼻涕一把泪地拉着队长的衣袖不放，一个劲儿地恳求。队长没办法，最后答应就今天早上在食堂里给她打一份饭，吃了就让她走。娘说："那咋成呢？这女子根本走不动了，至少你让她留下来，吃几顿饭，缓上几天再说。"队长一听，摇着头说："不成不成，老嫂子，不是我不留她，是我没这个权啊！你知道的这些天上面严格控制盲流饿民留宿留吃，我也没办法！"娘听了队长的话，竟然扑通一声双膝跪在他面前，祈求道："他碎爸，今儿个你就是没办法也得给想个办法，我们不能见死不救啊！你不答应，我就不起来，哪怕把我老婆子跪死也心甘情愿。"队长看着娘要死扮活的样子，为难地直搓手，嘴里念叨着："这咋办呢？哎！这该咋办呀！要留下来除非……除非这女子是三娃的媳妇！"娘一听这话，抬起头睁大眼睛问："你说的这话可是真的？"队长笑着说："只有这女人是三娃的媳妇，领了证，落了户，才能留下来，要不一点办法都没有。"娘听完爬起来，啥话都没说，蹒跚而去。

吃早饭的时候，娘带着那个女人来到食堂，和村里人一样，也给她打了一份早饭，不过是一个洋芋合着麸皮做的饼子，一碗玉米面苦菜汤，那个女人看起来吃的非常香，很快就吃完了，娘又把自己的半碗汤都给她倒进碗里。

吃罢早饭，娘硬是让三爷用架子车拉着那个女人去五里外的乡政府（那时候叫公社）办结婚证，三爷不愿意去，说："娘啊！都新社会了，这事你咋还包办呢？"娘听了骂道："包办？我包办啥呢？甚话都不说了，你给我今天赶紧把证儿领回来。"没办法，娘在家里一直是说一不二的，三爷虽然心里一百个不情愿，可还是不得不去。

果然，中午开饭的时候三爷拉着那个女人回来了，把结婚证扔给娘，噘着嘴，转身就走了。娘望着儿子的背影，独自笑了。

这个讨饭来的女人就这样留了下来，她名字叫秋月，可村里人私下里给她取了个绰号，叫"洋芋婆"。意思是三爷用两颗烧熟的洋芋换来的。从此秋月就成了三爷家的一口人。也变成了我们村里的合法村

125

民了。

两年后，终于熬过了饥荒，人们慢慢地可以吃个半饱了，渐渐的村民一个个脸上的菜色也退掉了。"洋芋婆"也不再是以前那个瘦骨嶙峋，面黄肌瘦的落魄女人了。慢慢的人们发现"洋芋婆"也出落成一个细腰丰臀，面容清秀，干起活儿来灵活利落，行为大方得体，口甜心善，是个很讨人喜欢的女人。

那一年的夏天，村里的食堂终于散了，口粮也按人口分配到户了。村民们从此可以自己在自己家里做饭吃了。为此大家欢呼雀跃，那一段饿死人的苦日子终于熬出头了。大家重启锅灶，家家的烟洞眼里冒起了炊烟，饭菜的香味儿弥漫了整个山村。村民们个个面带喜色，精神抖擞，如获新生。

中秋节的那天晚上，三爷放羊回家，老远就能闻到清油焅锅的香味儿。进到屋里，嫂子和秋月已经做好了饭，正往饭桌上端，三爷洗了手坐下来，秋月就把一大碗臊子面递到他手上，好久没吃过这么香的饭了，三爷端起来狼吞虎咽地吃了起来，娘坐在旁边笑眯眯地看着他，一言不发。

等一家人都吃罢了，娘一脸严肃地说："都坐着，不要走，今儿个有一件事，我要说说，秋月到咱家已经两年了，现在终于熬过了饥荒，我看秋月这娃的身体也恢复得很好了，虽说那年她和三娃领了结婚证，可他俩并没有做夫妻，这咱家人，邻居们以及全村人都知道，那是当时娘没有办法的办法，现如今情况好了，秋月你如果想回家，明天你就和三娃去镇上把离婚手续办了，我给你准备盘缠，后天你就可以回家了。"秋月一听，扑通一声跪倒在娘面前，声泪俱下地说："娘，我哪里都不去，您就是我的亲娘，这就是我的家，再说了我老家已经没有什么亲人，我要在咱家伺候娘一辈子，三娃如果不嫌弃我，这个手续我也不办了。"娘犹豫片刻说："也好！只是我家三娃腿子有毛病，你不嫌他？"秋月急忙说："娘！我不嫌啊！我咋会嫌弃他呢！他腿子不好，可他心好！"娘又盯着三娃，问道："你能成吗？"三爷心里有点意外，更多的是惊喜，虽然说那年他和秋月领了结婚证，可秋月一直和娘一起住，娘也从没提起过秋月和他的事。娘只是把她像女儿一样地宠着，好像把当初秋月是怎么才能留下来的事给忘光了。因为身有残疾，他心理上自闭又自卑，感觉自己根本配不上秋月。刚才听到秋月的话，让他大吃一惊，没有料到现在村里最漂亮的女子——秋月竟然真的不嫌弃腿子有残疾的自己，甘愿嫁给他，此刻他心里激动的热浪滚滚，面红耳赤，低下头半晌憋出两个字"能成"！娘和家里人看着他的傻样都笑了。娘嗔怪道："让你个哈怂捡了个大便宜，你还有啥不能成的？"一家人同时都开心地笑了。秋月偷眼看着三爷，也红着脸抿嘴笑了。

春节临近的时候，娘和哥哥嫂子略备小酒招待了前来贺喜的亲朋好友，热热闹闹地给三爷和秋月把婚事办了。

二十年后，农村实行了生产责任制，农民对土地有了自己的经营权。"洋芋婆"眼光独到，第一年就大面积种植洋芋，获得大丰收，基本解决了温饱。之后也是"洋芋婆"联合村里几户人家，办起了村里有史以来第一个粉条加工厂，经济效益非常好，"洋芋婆"也随之成为了远近闻名的致富带头人，受到乡政府和县政府的表彰奖励，更受到了乡亲们的尊敬和认可。成了名副其实的"洋芋婆"。

她和三爷共养育六个儿女，全都学有所成，走出大山，在外面有了一份很体面的工作，成家立业。日子过得红红火火，村里人一提起他家便都竖起大拇指啧啧称赞。

五十年后，儿女为了让父母安度晚年，兄弟姐妹私下里商量好，在省城给老两口买了房子，可两个老人知道后，头摇得像拨浪鼓，这事儿根本没有商量的余地，便一口回绝，不去！哪儿都不去！我两个还可以自食其力，在村里种二亩洋芋，一方菜园，老有所为，亦有所乐，只有这样的日子我俩才觉得过着舒坦。"洋芋婆"对儿女们说，城里再好我们也不去，只有这儿是我俩的家，也是你们永远的家，娘给你们守着这个家，娘在你们的家就在。啥时候想了就回来，娘在家里等着你们和你们的孩子。

到现在，"洋芋婆"老两口依然住在翻修一新的农家四合院里。

从容的日子里，鹤发童颜的老两口搬把摇椅坐在院子里的树荫下，你一句我一句地聊着。三爷突然说："娘的坟是个正东山，卯山酉的相，今年是个大利年。""洋芋婆"说："咱娘的坟听人说是块风水宝地呢！"三爷附和道："那都是咱娘一世积德行善造下的。"说完这话，两个人似乎各有所思，沉默了好大一会儿，老婆突然打了个喷嚏，三爷看了看老婆，慢悠悠地说："我咋头疼的，好像感冒了。"老婆不以为然，耷拉着眼皮没精打采地说："八成是血压又高了！"

不觉已是彩霞满天，夕阳如火的时候了……

128

宝 地

　　望子没有考上大学，伏满录老汉心里的最后一份希望破灭了，因为望子是他的老儿子。可是他并没有责怨望子，他想：这事不能怪儿子，只能怪自己和自己的上辈老人。但他的心里却从此又多了一块病，这病折磨得他吃不下饭，更睡不成觉。他日思夜想着一件事，一件关系到自家儿孙后代荣辱富贵的大事。他认为能治他这块心病的只有钟师。于是，他便时不时偷偷地往钟师那儿跑。钟师在夜静三更的时候来了他家两次，伏满录领着钟师瞒着家人，背着村里的人在外面转悠了两晚上。就打这以后，伏满录因望子落榜而得下的那个心病似乎好了许多，照样三海碗地吃，猪一样呼呼地睡。日子过得和往常一样的安静，一样的恬淡。

　　但是自从前天晚上村长来过他家之后，三天来，他没有心思下田，也不去操心他那头命根儿似的牛。任它扬着头在圈里哞哞地叫饥，他山似的坐在炕上一动不动，好像他完全丧失了听觉，只是捧着他那杆尺把长的旱烟锅一个劲儿地抽，一句话也不说。把个老婆子急得只当是老汉得了神经病，在家里疯前疯后当着老汉的面讨好似的骂那短命的村长，不晓得给她老汉出下了什么难题。咒那眼中钉似的望子，不晓得给他老子争气。唠叨得伏满录心里烦了，把老婆狠狠地瞪一眼。

129

老婆深知老汉脾性比驴倔，惹翠了有她跟望子的苦瓜吃，便立即敛声静气地转身进了厨房。不一会儿，一碗热腾腾、白生生的荷包蛋便放在老汉眼前。老汉没有心思端碗，只是抬起头来望着站在面前的老婆，眼睛里闪动着从未有过的慈善和温存。这目光反倒使老婆有点不知所措，站着不知说啥好。半晌，老汉终于开口了："这东西我吃了白糟蹋，叫望子，叫望子去吃。"说罢，他提着旱烟锅下了炕，系上鞋，头也不回地扬长出了屋。

古坟湾，是一个三面环山，一沟蓄水的地方，因其山坡上的坟多故而得名。这里除耕种和收割的季节外，再很少有人出入。村里人说古坟湾能听到鬼的哀鸣声，特别是中午和黄昏后。古坟湾离村子也不太远，出了村走一段儿上坡路，绕过山皮，站在山脊上朝下望，这里是一条 A 字形的大湾，两排土山夹条蜿蜒的沟。因这条沟在山湾的出口处被不知多少年前山的滑坡给拦腰堵截，便形成了一个天然的小堰，一沟明镜似的水，给古坟湾平添了不少风光。

伏满录信步出了村，沿着去古坟湾的山道蹒蹒地上了坡，在山峁上选一地势高的土丘，像上炕似的盘腿危坐。背着村子，面对古坟湾，于是呈现在他眼前的便全是坐落在山坡上、坎子下、沟岸旁的那些大大小小的坟园和坟园中高高低低的坟堆。

荒山野岭孤坟与他，同顶西坠的秋阳。

他粗粗地浏览了一眼古坟湾的山势和一汪碧波盈盈的堰水，很快就把目光投向那块台子地。那是他家的地。庄稼收割过后黄土地皮裸露着，显得单调和凄凉。就在那块台子地的中间，有一个名叫"金盆养鱼"的风水宝地。那是钟师为他选下的，他死了以后将要睡进那个地方。每当看到那个地方，他的心里有一种对死亡的企盼和对子孙未来的寄托。

钟师说："金盆养鱼"乃地中之宝地，穴中之贵穴。上接一百二十里青龙之山脉，下聚三百六十年地中之精气，通六合之阳，配乾坤之阴。穴在其上，盆中之瑞气发于其下。下为水，水在五行主生水。木命之人葬于此地家门昌盛，福祚久长，子孙多俊秀文雅之士，且不乏状元及第之喜，鳌头独占之欢。可巧伏满录正好是木命，此真所谓生有其时，死有其地。

天理为假，地理为真。俗语说：财帛出在门里，状元出在坟里。伏满录对钟师的这番宏论深信不疑。要说钟师也算是他家的世交呢！友情重比泰山。钟师的爷爷钟师爷就是一位名扬百里的好风水师，他和伏满录的爷爷是八拜结交的异姓兄弟。到现在，两家交往甚密。要说那位钟氏的风水老祖，也对得起他的把兄弟，在伏满录的爷爷还不满四十岁时就偷偷选了块风水宝地，不料此事后来走漏了风声，没等伏满录的爷爷百年就被先他而逝的有福之人睡了。

伏满录心事重重地端坐于山巅，像只老鹰。这时他又逐渐将目光移向沟岸边的一块平地里，地里有一坟园，旁边竖一石碑，在古坟湾显得有点气派。那是李家的祖坟，李家不管是现在还是过去都是村里最有名望的人，光正儿八经的大学生就出了五个。要说他家能出这么多大学生，还不是因了把先人埋进了那块风水宝地的缘故。他伏满录心里明镜似的，那个坟就是当年钟师爷为爷爷选的，是个"左旗右鼓"的福地。可惜爷爷没命消受，不然的话他伏满录也不定能读成书，做上官的。

钟师的父亲，也就是钟师爷的儿子也是吃钟师爷的那碗饭的。钟师爷死后，钟师的父亲也和钟师爷一样有名。他煞费苦心地给伏满录的父亲选了个地方，可伏满录的父亲死得偏又不是时候。六十年代，牛鬼蛇神无洞可藏，钟师的父亲像被猫咬伤的老鼠蛰居在家不敢出窝，伏满录只得自作主张地把父亲葬在钟师的父亲说过的那块地里。后来钟师说没埋到正穴上，却把"五马卧槽"这地方给毁了。伏满录便只有自认倒霉，无可奈何。要不，他的七个儿子里三个念过书的肯定会有一个考上大学的。三十年来，伏满录一看见父亲的坟就摇头，就叹气，显得比他父亲死的那天还痛苦。此刻，他把目光从父亲的坟上收回来，又把那杆苦涩得要命的旱烟锅戳进了被髭须遮盖着的嘴里，长长地吸一下，喉结一骨碌，尼古丁和着唾沫畅快地进了五脏六腑，他这才觉着舒坦。

回顾几代人的过去，伏满录认定家道的不景气是祖宗的失误。吉凶祸福，富贵荣华，都是决定于先人长眠的那七尺宝地，晚辈之人是无能为力的。可见人死以后远远比活着还重要，在这方面自己祖先的不尽如人意给他留下的只有追悔和活着难以出人头地的苦恼。而要改变这种状况，必须得从自己做起。他伏满录虽双目不识"丁"字，可这方面的道理他也不比谁悟得少。因此他请了钟师，钟师游穴整整两个晚上，好不容易才寻下那个地方。钟师对他的厚情他活着不会忘，死了也忘不了。然而，是宝人人爱，不料那个"金盆养鱼"却又被哪一位风水先生给村长八十岁卧床的老妈选中了。

前天晚上村长到他家来，就是商量跟他兑换那块台子地的。他到底没开口。村长临走时扔下一句话："你考虑考虑，等到我娘落草以后再商量。"话是这么说，可他心里亮堂得像灯笼，按村规乡俗，亡人停在草下，阴阳将坟桩钉在哪儿就得往那儿埋，谁也无理阻拦。商量，等到那阵儿还商量个屁。人常说，宁打知县爷，不惹地头蛇。村长无论如何他不敢得罪，可那"金盆养鱼"他更舍不下。就这么焦心了三天，到现在他还没想出个两全其美的办法来。

村长的娘不是三日就是五天的人了，咋样才能既不得罪村长，又能保住那个"金盆养鱼"的宝地？伏满录抓头挠耳，苦无良策，心急如焚，苦恼得简直要死。倏地他心里豁然一亮闪出一个主意来，他立即兴奋得从土堆上站起来，舒开紧蹙的双眉，望着没入西山的落日独自笑了。

这天晚上，伏满录从古坟湾回来又和往日一样吃了三海碗稀饭。吃罢饭，他把七个儿子三个儿媳五个孙子全都叫来，满满堂堂挤了一屋。他端坐在炕中间，捧着烟锅一边吸一边和往常一样数落儿子怎的不成器，夸赞儿媳一个个都孝顺听话懂得过日子，然后盼咐下明日的活计，掐着指头算算哪个小孙子快够上学的岁数。特别是五孙子，这娃头大额宽，天生的一张福相，将来定会有大出息。不过最后他又比往日多说了两件事：一是安顿明年哪块地里种麦子，哪块地里种豌豆；二是叮咛他死了以后千万不能请别人，就请钟师，别的风水他信不过，怕胡日鬼哩。但他把钟师给他寻下地方和村长要跟他家兑换那块台子地的事都没说。好不容易等到他说完，儿子儿媳孙子便都迫不及待地回了自己的屋。

转眼间，屋里就剩下伏满录老两口了。伏满录瞥一眼坐在身旁的老妻，打量一眼空荡荡的屋子，心里不觉泛起一阵空虚和凄楚。这时，老婆瞅着他几日来已经有些消瘦的病态的面容，双眼不禁滚下心痛的泪。他表情木然半晌才捽出一句很不近人情的话："睡！哭啥哩。"

躺下后，伏满录并没有睡着，半夜里他把老婆抚弄醒，很想给她说些什么，但又不知该说什么好，只是浩然一声长叹，便把老婆搂进怀里深情而精心地温存一番。事毕之后，他三把五把地穿好衣服，下了炕。临出屋的时候他说："该到给牛添夜草的时候了。"正这时，圈里的牛哞哞叫了两声。

第二天，人们发现伏满录吊在古坟湾那块台子地边的一棵歪脖柳树上。

伏满录死了，死得突然，死得莫明其妙，村里人众说不一。只有村长保持着他往日的沉默，受伏家之邀，他帮忙料理伏满录的丧事。

中午，村长请来了钟师，先领到他家去歇脚，和前几天钟师给他娘寻地方来时一样，杀了一只鸡，打了一斤酒，盛情款待。钟师吃足喝够，才起身去给伏满录看坟。临出门，村长将一张五十元的人民币塞进了钟师腰包，钟师没推辞，只是拍着腰包坦然一笑。

在伏满录的灵棚中，钟师拉着望子的手流着泪说："我和你父交往一场，我一定要给他寻个好地方。"又问："你父临死前说啥没有？"望子将伏满录昨晚临睡前的话重复一遍。

钟师在古坟湾转悠一圈，打量古坟湾的地势山形，走走停停，偏着脑袋左瞄右瞧，很快就找了个地方。据钟师透露，这地方比他爷爷以前给李家看的山下那个立石碑的坟还好得多。但这块地却是村长家的，伏满录的儿子提出用他家一亩水浇地来兑换这块山坡地。村长通情达理，只要了伏满录家的那块台子地。伏满录的儿子很感激，当着钟师的面给村长磕了三个响头。

伏满录就埋在山坡上那个不知叫什么名的风水宝地。钟师对村里人讲，伏满录死后能睡上那么好的地方，是他为人一世的吉造哩。

好心的房东

　　因为已经是三代单传，因而张老汉把孙子就分外的心疼，孙子名叫张平，今年十六岁。以优异的成绩考入县重点中学。孙子沉默寡言，学习非常用功，但身体却很单薄。一个人去五十里外的县城上高中，张老汉很不放心，跟儿子一商量，爷孙俩在县城租一间小小的房子，孙子上学，爷爷跟着孙子，晚上给孙子做伴儿，白天给孙子做饭。房子很快就找好了，离学校也不远。是一个两层小四合院儿，主人住在楼上，他爷孙俩租的是楼下一间小平房，对此爷孙俩都很满意。

　　爷爷一辈子是个庄稼汉人，忙活惯了，却怎么都闲不住。白天孙子上学去，他没什么干头，觉着很无聊，日子长得像年一样。没事儿就把这小四合院儿打扫得干干净净，犄角旮旯都不放过，所以这小四合院儿自从住进了张老汉爷孙俩以后就显得特别清洁整齐。因此日子久了房东太太就逐渐不再讨厌衣着破破烂烂脏不拉几的张老汉了，甚至有时候房东太太抱着她那长毛子小狗在院子里玩时还和张老汉聊几句，慢慢就互相熟悉了，熟悉了房东太太有时候家里有什么体力活儿就喊来张老汉帮忙，张老汉有求必应，反正闲着也是闲着嘛！也不是啥很劳累的活儿，无非是倒垃圾，打扫楼梯，打一桶水之类的事情，对于张老汉来说那简直是举手之劳。虽然张老汉走起路来腿有点儿跛，但干活儿不碍事的。对于房东太太所派遣的活计张老汉不但做了而且做得很好。因此房东太太对张老汉逐渐地就有了好感，话也就慢慢地多了起来。

张老汉知道了房东太太原来不是一般人，她的男人在县里当官，是什么局的头头子，张老汉见过几面，人长得很魁梧，但跟他没搭过话，来回都有一辆黑色的小轿车接送。这房东太太别看她每天闲待在家里，可也是在什么单位领工资的人，收入还很不错哩。也难怪，一般人能住得起这独门独院的两层小四合院？

这天中午，房东太太在院子里遛她心爱的小狗，张老汉站在一旁和她说话，孙子突然回来了，张老汉问孙子："咋这个时候回来了？"张平对爷爷说："班主任说，我们班里就我们几个从农村来的学生，国家对农村特困生有补贴，每个人一学年一千块钱，老师说只要有一个农村低保证，就可以享受到的。"爷爷一听，心里想这一千块钱真的不少，基本上够孙子半年的学杂费了，爷爷想到这儿说："国家政策真是好，可这让我在哪里给你弄一个低保证呢？"张平抱怨爷爷："都怪你，村里看你腿子有残疾，给你一个低保名额，你不要，让给了别人，这时候只有放弃了。"爷爷听了笑笑说："谁让爷爷是党员呢，没有就算啦，留给别的孩子吧！"

站在一旁的房东太太听了，好奇地问："就要一个低保证儿吗？"张平说："是啊！老师说万一拿不来原件，有一个低保证的证号就可以啊！"房东太太不以为然地笑笑说："这还不容易吗？"张老汉问："哪里有啊？""哈哈，我的乐乐就有啊！"房东太太笑着说。张老汉一时不明白："乐乐！乐乐是谁啊？"房东太太指着她心爱的小狗说："就是它啊！"说完她转身上了楼，不大一会儿工夫下楼来，把一个署名乐乐的低保证给了张平，张平看看这个绿色的小本本，愣了一会儿说：

"这个行吗？"房东太太说："怎么不行啊？这还是城市低保呢！"张平听后很高兴，连连说了几声谢谢阿姨，就拿着那个绿色的证儿转身走了。

张老汉怔怔地站在那儿，看着孙子逐渐远去的背影，心里有一种说不出的滋味。竟然忘了给房东太太道声谢，她不知什么时候已经上楼了。

小说二题

看 戏

村子的名儿叫羊庄，和许多偏远的小山村一样，总是保持着那种亘古不变的寂静与安宁。偶尔几声狗吠，都足以惊动全村的男女老少东张西望。山里的人除了干活，吃饭，睡觉，生儿育女之外，再很少有别的活动，这日子过得寂淡无味的就像喝凉水一样。农闲的日子里，他们似乎觉得生活中还缺少点什么，但到底缺点什么，谁也说不清楚。于是发生在村里村外的那些个鸡零狗碎的琐事，孤男寡女之间偷情私会的艳闻，便是村里人永恒的借以消闲开心的话题。

今日的羊庄，却不同往日。人们没有时间去说、去听那些总是显得有些雷同的逸闻趣事了。

晌午时分，不知谁给村里带来了一个振奋人心的消息：听说离羊庄不远的井庄搭台唱戏。这消息对羊庄人来说，不亚于喝了一杯兴奋剂，人人脸上像过节似的挂满喜悦，他们压抑着内心的激动，期待着夜晚的到来。恨不能把西山顶上那轮明晃晃的太阳一把摁下去，一土疙瘩打下去。说是说，羊庄的人还得一分一秒地等下去呢。山里人看县剧团的演出，对大多数人来说还是大姑娘出嫁——头一回，心里的那股子盼头儿能不火烧火燎的？因此，羊庄人吃了一顿有史以来大概最早的晚饭，却没能吃出个饭的味儿来。

天刚麻麻黑的时候，羊庄的男女老少便浩浩荡荡地出发了，沿着通往井庄村的那条羊肠小路，七拐八弯地往山上爬，冥冥暮色中，远远望去就像一溜搬家的蚂蚁。

山路很陡，也很窄，人多，自然得拉开距离走。衣食住行，山里人自有山里人的规矩。那些七大八小，大叫大喊的孩子蹦蹦跳跳地跑在最前面，大人们虽说都与他们是一路，却不屑和他们同行，总是和前边那伙孩子们隔着一段距离，走在中间的就是些显得诚实稳重的男人们，他们边走边大口大口地抽旱烟，老远就能闻到一股从庄稼汉口中吐出来的特别辛辣的旱烟味儿，听见粗重地说话声和放肆地咳痰声，照样隔着几步远的距离，走在最后面的是女人。女人们中间年轻一点的大概临出门时又抹了什么油，什么霜的缘故吧，走在她们中间闻到一股奇奇怪怪的味儿。嬉笑声比说话声高，女人们爱笑，特别是羊庄的女人。

也有一些愣头小伙子不守规矩，时不时地挤进大姑娘、小媳妇的行列中，说几句酸不溜秋的怪话，甚至有些胆大一点的还趁着夜色的掩护伸手乱捏乱摸地占一点便宜，惹得女人们一顿唾骂，七嘴八舌地群起而攻之。他们才得意洋洋、神气十足地朝前走，有的打着尖厉的口哨，有的边走边唱流行歌曲："手拉住妹妹的手，一股暖流在心头……"还有些扯着沙哑的嗓子吼几句成腔不成调的秦腔："他那里提婚姻我心情愿，女孩儿羞答答不好明言……"

这条幽静崎岖的山道，今晚因羊庄人的路过而热闹非凡，你听——

"慢些跑，小心跌进沟里喂了狼。"大人骂孩子。

"唷，他姑舅爷，您老也看戏去？走好走好。"大人问大人。

"你驴日的没长眼睛还是咋着？专踩我的脚后跟。"不知道谁骂谁。

"电灯不往路上照，照在我三姨脸上看啥呢，讨厌。"孩子骂大人。

羊庄的人，上至六十岁的老人，下至七八岁的孩子，只要是自己能走得动的，此时都你推我搡，吭哧吭哧地行进在这条崎岖不平的山路上。羊庄和井庄虽说只有一山之隔，但山大路陡，弯弯绕绕，走起来少说也有十多公里的路程。但为了能看场戏，羊庄的人都甘愿吃这份苦。羊庄的年轻人，晚上跑几十里路看场电影是常有的事。

十年前，县城开物资交流大会，请来陕西的大剧团，三奶奶听到这消息，高兴得一宿没睡着，第二天和村里的几个半老女人硬是走了五十多里山路进城看了趟戏，回到家时已是第二天东方发白的黎明时分了。今天晚上，三奶奶照样和大家一起去井庄看戏，不过她显然已经不如十年前了，走起路来喘得厉害，步子也没十年前轻松了。刚走到半山腰，脸上的汗已经顺着下巴往下滴，但是她紧赶慢赶，一步也不愿落下。

三奶奶爱戏，也懂戏，一伙女人簇拥着她，请她讲一些生旦净末丑的常识，尽管走的已经上气不接下气，但三奶奶还是边走边讲。戏里的这些个讲究，三奶奶怎么解说羊庄的这些女人也似懂非懂，没办法三奶奶就只好打比方，她说："好比《三娘教子》中的英哥就叫小生，《三堂会审》里面的苏三就是花旦，《三对面》中的包公就是大净，《三滴血》中的那个狗官晋信书就是丑角子。"听到这里，有人就问："三奶奶，您说的这些戏名儿里咋都是些带个三字的哩？"三奶奶喘着粗气想了好大一阵子才说："瞧这瓜娃么，啥都不懂，不是说三个女人一台戏嘛，除了上面说的这些，那些带有'三'字的戏名还多着哩，《三上轿》《三回头》《三请樊梨花》《三气周瑜》《三世仇》……"三奶奶一口气说出了这么多带有"三"字的戏名儿，惹得旁边的女人们都笑了，有人笑着说"原来带有三字的戏名儿多，我还以为您老人家是三奶奶的缘故才说出了这么多带有三字的戏名儿哩。"听了这话，大家又笑了。

三十年前，杨三爷在陕西当了几年兵，解甲归田的时候，领回了如花似玉、爱戏如命的三奶奶。听说三奶奶当姑娘时在娘家唱过戏，不过自从嫁到羊庄，别说唱戏，连看戏的机会都少得可怜。

说话间不觉已经爬上了山顶，风猛然大了，吹得衣服哗哗响。三奶奶长吁一口气，擦把脸上的汗，抬头望望天空，上弦的半牙月亮已悄悄地爬上了东面的山峁峁；再看对面山脚下那个名叫井庄的村子，几盏星星似的灯光在闪烁。戏也该快开始了吧？三奶奶这么想着便不由自主地加快了脚步，下了山，再过一条小河就是井庄。

三年前，县计划生育宣传队在那儿演出，三奶奶也摸黑去看夜戏，谁知人家演的不是老戏，说是戏，其实是光说不唱，这倒也罢，可说的那些话让人听着怪不好意思的，都是女人对女人才敢说的话，人家倒好，站在戏台上对着那么多看戏的人就高声大嗓说开了，听的人觉得脸有些烧，于是三奶奶就叫了几个女人没等演完先回家了。

下山了，三奶奶脚下一滑，险些摔了个跟头。走在旁边的玲儿急忙伸手扶住她，体贴地说："小心，这路难走得很，三奶奶，你猜猜今晚唱啥戏呢？"

三奶奶说："唱啥戏都成，这看戏主要是看演员的扮相和一招一式的表演功力，听听唱腔，吐字，音调和板式中有没有那股子灵性劲儿，最好是看过几遍的熟戏才能咂摸出个中的味儿来。"

"哎哟，不知道看戏还有这些讲究哩，我可是啥都不懂，只听着那锣鼓家什敲起来，特别是胡琴拉起来怪中听的。"玲儿妈说："咋还听不见锣鼓家什响？"

三奶奶抬头朝井庄那儿瞅了瞅，说："听见就迟了，快点走，要是看不上戏头儿怪憋气的。"

看见远处那忽悠忽悠的手电光，三奶奶知道，走在前面的人已经下了山，准备过河了。三奶奶心里发急，拉起玲儿妈的手，沿着山路竟小跑起来。玲儿妈边跑边唠叨："慢点儿，慢点儿，三奶奶，小心着走，看把你急的。"

时间不大，她们也下了山。准备过河时，玲儿妈要去旁边"方便"一下，三奶奶便和另外一个女人站在路上喘口气等着。突然听见玲儿妈哎呀叫了一声，三奶奶急忙顺着声音追过去，黑灯瞎火的，站在那儿拖着哭腔喊："玲儿妈！你咋了？咋了？"不等玲儿妈回话，又回过头朝路上喊："来，你们都过来，把手电也拿过来，看看玲儿妈咋了。"路上站的几个女人一听都跑过来，用手电朝玲儿妈呻吟的方向照过去，这才看见玲儿妈斜躺在路旁的水沟里。三奶奶她们连爬带滚地下了水沟，七手八脚地扶起玲儿妈，战战兢兢地问："没摔着吧？"玲儿妈浑身像筛糠似的直打哆嗦，结结巴巴地回答："好……好着哩，是刚……刚才一脚踏空，滚……滚下来的。"在别人的搀扶下挣扎着站起来，却又"妈哟"一声蹲了下去，双手捧住脚腕子一个劲儿地叫痛。三奶奶她们这下慌了，抱住玲儿妈的脚你捏一阵，她拍一阵，好长时间过去了，玲儿妈照样痛得站不起来，急得一伙女人在水沟里团团转，却连一点办法也没有。三奶奶扯着嗓子喊："玲儿！玲儿……"却不见玲儿答应。正在这时，听见路上的脚步声由远而近，随后就逐渐能听清大伙的说话声，三奶奶赶忙爬上水沟，借着手电光往路上看，见过来的是走在她们前边的那伙男人和孩子，就大声问："咹，你们咋又回来了？"

"不回来咋哩，到处乱窜等着让井庄人把咱当贼捉？"

"啊，没戏？"三奶奶有点不相信。

"废话，有戏我们会回来？"

"哎呀，是谁缺了八辈子德，胡说八道地哄骗了咱一庄老小。"三奶奶气得一拍大腿，冲着前边那伙人喊道："哎，你们站住，站住，过来帮帮忙，有人从路边的水沟里跌下去了。"

"啊！"一声惊呼，大家都朝这边跑了过来……

夜已经很深了，羊庄的狗又叫了起来，羊庄的人看戏回来了。

第二天，羊庄的人才知道，玲儿和三奶奶的儿子旺儿到现在没回来……

祈 雨

羊庄的庙小，供的神位却不少。正殿里有观世音菩萨的画像，旁边还有关帝爷的牌位，也有龙王爷的牌位。偏殿里有山神土地牛王马祖诸神位。菩萨为佛教，龙王关帝为道教。这些羊庄的人一概不知道，他们容佛道于一庙，却敬奉的虔诚，香火从未间断过。

不知从什么时候起，羊庄的人有一个习惯，每逢大旱不雨的时候，他们就集资请阴阳，买贡品，在庙里诵经唱戏，求神祈雨，据说灵验得很。不过这都是很久很久以前的事了，近几十年来没有搞过这种活动。有时候村里的一些老年人讲起这事，年轻人听起来觉得很神秘。

德高望重的杨三爷，受村里人敬重，这几年他老人家出面负责庙里的一些事宜。村里人把担任这种职务的人叫"山主"，杨三爷从此便被人称为杨山主。杨山主干什么事都是个极认真也极勤勉之人，他上任后，不负村人厚望，从接任那天起便全心全意，尽心尽力地干庙上的一切杂事。晨洒扫，晚焚香，春夏秋冬，雨雪风寒，从未间断过一天。杨山主干什么都愿意干好，大半辈子过去了，他就这么个性格，总想有所作为，总愿意干一些有益于公众的事情。

五月火辣辣的太阳烤的人连躲凉的地方都没有。傍晚时分，杨山主给庙殿里续了香火往家里走，路过一块庄稼地，猛然发现田里的粮苗已经发黄了，细细打量那叶片都已经干枯了一大截。杨山主不由地抬头看天，天上没有云，一轮红日火辣辣的挂在头顶上，烤的人直发晕。杨山主蹲在田埂上不由地自言自语：已经二十多天没有下雨了，要是再这么晒十天半月，这今年的庄稼就绝产了。一缕愁云罩上了杨山主的心头，心里就烦躁了起来。

杨山主正坐在那儿闷着头独自叹息，突然听见有人叫他，抬头一看，见一个身材瘦小，眼窝深陷，鼻尖腮长下巴上还有一撮子山羊胡子，穿着青衣小帽，左肩上挎着一个红布兜兜的老汉站在距离他十几步之远的大路上，杨山主手搭凉棚瞧了老人一会儿，觉着眼熟，可又一时想不起来这人是谁。那人嘿嘿一笑，说："你老糊涂了还是咋着？连兄弟我也认不出来了。"一听说话声，杨山主猛然想起，此人姓侯，名叫侯占山，三十年前他两一块儿在陕西当过三年兵，想不到这些年不见，竟都变老了，差点认不出来了，真是岁月不饶人啊！

杨山主连忙站起来，把侯占山连拉带推地请到家里，哥俩要好好叙叙友情，聊聊家常。杨山主就这么个热心肠人。年轻的战友，如今老了也难得一见，更难得一聚。

侯占山这人也可以说粗通文墨，小时候念过几天《三字经》《百家姓》之类的书。当兵的时候就会写信，能看懂报纸。当兵回来之后，就一直在生产队当干部。

真是士别三日，当刮目相看。谈话中杨山主了解到，侯占山早已不当干部了，他说，现在的村干部，没权没钱，没啥干头了，还不如背上针盘混饭吃得好。这还真让杨山主没看出来，据他自己介绍，他

144

已经学有所成，近几年又当起了阴阳，附近十里八村的红白喜事都离不开他。这不，今儿个他也是受人之邀请去附近替人看风水去的，路过羊庄，正巧碰上杨山主。

侯占山和杨山主两人一夜对灯长谈，说来道去，话题就又转到近来的旱情上，杨山主说："别的事情都好办，光有这天不下雨的事情没办法，眼睁睁地看着粮食一天天枯死，愁人的很，哎！"侯占山听了杨山主的这番话，眨巴着深陷在眼窝窝之中的一对小眼睛，略一思忖便说："这事要说也不是啥办法都没有，特别是对你杨山主来说，也能办到的，就看你愿意不愿意替羊庄人受这份麻烦。"听了这话，杨山主丈二和尚摸不着头脑，不解地瞅着面前的侯占山呆呆地发傻，侯占山早已成竹在胸，他说："你老哥现在是羊庄的山主，大小是个理事的人，何况这事自古就是你们这号人出头露面干的。羊庄的人选你当山主，是信得过你，冲这，如今天旱成这样，你咋不请人到庙里设坛诵经，向神灵祈雨呢？你想想咱小的时候，不是常有这事吗？灵验着哩，不信你试试看，保证这么做了不出三天就会下雨的。精诚所至，金石为开，何况是神圣老人家。宇宙之大，自有神灵主宰，风雨阴晴，岂能例外？如果能尽快设坛诵经，求神祈雨，早日普降甘霖，解庶民之担忧，免生灵于焦渴，岂非你杨山主莫大之功哉？"

一席话提醒梦中人，杨山主猛然茅塞顿开，此刻，一个重大的决定在杨山主的心中拍板定案了。他决定要给羊庄人办点好事。

侯占山掐指一算，这求神祈雨的良辰吉日就选定在五月十三日。

第二天，送走侯占山，杨山主就把他决定十三日在庙里设坛祈雨的事告诉了羊庄人。羊庄的大部分老年人盼雨心切，期盼通过这样的活动真的让神灵见悯，早一天下雨。有的人虽然不怎么相信搞这样的活动天会真的下雨，特别是年轻人根本就不相信，但是为图个新鲜，看看这种从未见过的祈雨活动，也就举手赞成了，年轻人都是这么想的。有些人虽然心里不以为然，但碍于杨山主的情面，不好公然提出反对。既然大家都没有异议，因而这集资出钱的问题就容易解决，村里人手头紧缺，一分钱也能难倒英雄汉，因此大家槖粮的槖粮，卖鸡的卖鸡，几天过去，按人口摊派给村民的一千二百多元活动经费总算交齐了。

拿着村民交来的这一沓子血汗钱，杨山主猛然意识到自己肩上的担子很重很重。

五月十三日，羊庄的人开着手扶拖拉机，从三十里外把侯占山师傅和他的三个徒弟请进了羊庄。其实这三个徒弟，两个是侯占山的儿子，一个是侯占山的女婿。侯氏一门，尽都能掐会算，因此说起话来总是有些居高临下的口气，村民们对他们颇为敬仰，羊庄的人更是对他们毕恭毕敬，言听计从。

侯占山师徒四人，在杨山主家吃完饭，睡起午觉以后，侯占山喝着茶眯缝着眼睛问："所需的东西都置办齐了没有？"杨山主急忙答话："嘿嘿，齐了，全都齐了，只是那只骟羊不太肥，鸡和鱼都是又大又肥的，也很嫩。如果您看能行的话，这三牲就齐了。其他的像糖果烟酒，瓜子花生，香蜡纸扎，都按照您开的条子买齐备了"。听杨山主说完，侯占山呷一口茶，慢慢咽下去以后才从鼻腔里哼出了一声。眨巴着两只小眼睛，哲人般若有所思，沉默不语，只是微微颔首而已。

下午，羊庄的男人都没有下地干活，来到庙院里帮助打扫卫生，清除垃圾，抬桌子，摆凳子，为明天设坛祈雨做好准备。

日头快落山的时候，侯占山师傅背着双手慢悠悠地踱进庙院中，站在大殿的台阶上，给大家讲了求神祈雨的规矩，他说："从现在也就是从今晚上开始，只要是羊庄的人，不管是男女老少，病汉产妇，都必须忌口。确切地说，就是不能吃葱、韭、蒜、肉以及荤油辣椒之类的食物。从明天早上起男人都必须来庙里跪香，女人们不许下地干活，也不许出门走亲戚上街，更不能全村到处去游逛串门子。在祈雨的三天之内，全村的人都必须在太阳没出来之前吃喝完毕，在太阳没有落山之前决不允许吃东西喝水，跪香时要穿戴整齐，干净，不能随便说话，吐痰，也不能吸烟，更不能放屁，最后还有一条很重要，就是在这三之内夫妻不能同床，男女不能做爱。他强调说，谁要是违犯了这几条，除了求神祈雨无效之外，若神灵见怪还会降罪的。"侯师傅说完，转身扬长而去。羊庄的人听完这番话，不由得倒吸一口凉气，面面相觑，半晌无言，深感此举非同寻常。

第二天，按照侯师傅的吩咐，全村的人天不亮就都起了床，吃饱喝足以后，男人们穿戴一新，早早地去了庙里。

天麻麻亮的时候，庙院里竖起了三根各二丈一尺高的幡杆，幡杆顶上扎着三百六十条二尺七寸长的彩色纸带在轻轻的晨风里飘扬，幡杆下面设三个祭坛：一曰天坛，二曰地坛，三曰神坛，祭坛前面的大方桌上供品罗列，蜡光摇曳；庙院四周的墙头上按东方甲乙木，南方丙丁火，西方庚辛金，北方壬癸水分别插着七七四十九面青赤白黑四色小纸旗，中央戊己土属黄色，自然竖起一面黄旗，黄旗下面摆着一盘黄土，是从田里取来的干土，大概象征着旱田缺雨的意思。

侯师傅和他的三个徒弟头上戴着用纸做的黑白两色八卦阴阳帽，身穿自制的黑布长袍，前胸和后背部位画有黑白两色的太极图，猛看好像两条撕咬在一起的鱼，白布袜子青布圆口鞋，严肃而恭敬地站在祭坛前。等待着即将到来的开坛时辰。

太阳刚刚露出东面山头的时候，一串鞭炮噼啪响过，侯师傅点燃第一炷供香，插进供桌中间的香炉内。同时，站在院子里的人也都点燃了捧在自己手里的香，这时，侯师傅高声喊喝："开坛诵经。"院子里的人便双手捧着点燃的香齐刷刷跪了下来，与此同时侯师傅敲响了挂在左手腕上的铜锣，哐哐哐，三声铜锣响过，侯师傅的三个徒弟也各自打起了手鼓，摇起了铃铛，敲起了木鱼，半闭着眼睛，点头摆肩地开始了诵经。诵经声如泣如诉，似说似唱，不疾不缓，但到底嘴里念诵的什么词儿谁也听不清楚，这样就越使人感到神秘。

大约一个半小时，念完第一卷经文，侯师傅他们去了杨山主家里吃饭，休息。跪香的村人虽然不能回家，不能吃饭喝水，但可以站起来活动身子。

那只羊，供桌上只献了一只羊头，杨山主害怕天气太热，羊肉放着会生虫变臭，就问侯师傅他们忌不忌口，侯师傅说，他们是阴阳，再说也不是羊庄人，自然是不忌口的。于是杨山主就吩咐三奶奶，每天给侯师傅他们做羊肉吃。吃饭时，侯师傅边吃边夸三奶奶的手艺好，羊肉泡馍做得好吃极了，他说他这几年走州过县，进过不少馆子，甚至大城市的高级宾馆他也吃过饭，可是他从没吃过这么味道好的羊肉泡馍。站在一旁侍候的杨山主，听了这话，虽然自己嘴里只有咽唾沫的份儿，可心里总觉得美滋滋的。

吃罢饭，侯师傅用竹签剔着牙对杨山主说，庙里供桌上的那只鸡，还有那两条鱼过会儿就让人拿回来，要不天热得厉害，时间长了万一有了味儿就不好了。鸡和鱼每天都得换新鲜的，供品就图个新鲜嘛。杨山主一听觉得也是这个理，就打发人去上街买了明天用的鱼，鸡就杀自己家的算了。这样可少花几十块钱。

本来打算每天念诵三卷经文，可是吃早饭的时候，侯师傅的女婿和小儿子喝醉了，侯师傅临时决定把中午的一次免了。

夕阳西下，晚霞似火的时候，念诵完第二卷经，侯师傅吩咐留下几个人守香火，别的都可以回家休息，吃饭了。听了这话，饥渴难耐的羊庄人像得了大赦令似的争先恐后地往家里跑，最后只剩下杨山主一个，他没有回家，坐在庙里守香火，吃饭时，儿子把他换了回去。

吃晚饭时，侯师傅发现桌上又加了两样大菜，侯师傅不会吃鱼也就不爱吃鱼，先撕下一条鸡腿，咬了一口，突然又想起一件事，就一边嚼一边含糊不清地给杨山主说：从今天晚上开始，不给三个徒弟喝辣酒，改喝啤酒。大热天的喝醉了会误事的。侯师傅自己也只喝了三杯"西凤大曲"。

第二天和第一天没有什么两样。只是中午比第一天多念了一卷经。

第三天，也就是五月十五的傍晚，念完最后一卷经文，举行了较为隆重的倒坛仪式，然后偃旗息鼓，烧幡封经，细枝末节，无须一一赘述，至此，这次祈雨活动全部结束。

收拾供桌时，人们闻到一股刺鼻的腥臭味儿，仔细一看，才发现那只羊头已经腐烂生虫了，扔出庙院，惹得一群无家可归的饿狗咬起了死仗。

三天来，羊庄的男人恪守侯师傅那天给大家讲的求神祈雨的戒律，每天从早到晚，尽管都跪的腰酸膝盖痛，但是没有一个人中途偷懒耍滑溜回家去休息的。特别是天气炎热，中午以后口渴难忍，可是没有一个人私下里偷偷拿水喝。三天下来，嘴唇上都起了疱，脸上被火辣辣的太阳烤晒得起了一层黑皮。羊庄的女人也很守规矩，没有下地也没有串门子的，特别是晚上睡觉也主动不去往男人怀里钻。饭食每天都是清水煮面条，没调菜叶儿，连一星油花儿也见不到。羊庄的人有史以来过了几天苦行僧式的日子。侯师傅说：羊庄的人心诚，心诚则灵，这下雨的日子不会远的。不过话得说回来，这祈雨不祈雨在于人，下雨不下雨在于天，到底会不会下雨？他也说不准。

第二天早上，侯师傅说忙，啃完最后一只鸡大腿，立马就要走。杨山主连忙叫人端来了准备好的酬金和谢礼，侯师傅从杨山主手里接过厚厚一沓人民币，那一对老是眯缝着的小眼睛就猛然间睁大了许多，他舔湿右手的无名指，把那一沓钱点过来数过去，好大一阵子才弄清是一千元整，脸上便不由得泛起了红色，随即便又恢复了原来的黑紫色，他慢慢地从中抽出三张破钱，一张十元，二张五元，把三张破钱拿在另一只手中，犹豫了一下，又把一张五元的破钱放回原来的那一沓上面。这才抬起头来，嘿嘿一笑说："这十五元退给你们，其余的我就收下了，其实我这次来羊庄不是为挣钱的，是看在你杨山主和我的交情的份儿上才辛苦这几天。"杨山主没有接，说："侯师傅，你拿上拿上，只要你不嫌少，就是给老哥我面子哩。"侯师傅听了这话，就说："你这么说，我就只得拿上了，嗨，你看这多不好意思。"说完他就把钱揣进了兜里。礼物杨山主准备了二瓶"西凤大曲"和一条"红塔山"香烟。侯师傅只收了四盒"红塔山"香烟，其余的执意不收。杨山主觉得过意不去，把一瓶"西凤大曲"硬塞在侯师傅女婿的手中，这才送他们上路了。

晚上，杨山主一算账，除了羊庄人集资来的那一千二百多元花个精光之外，自己还倒搭了五十来块，那两只鸡自然还没有包括在内，不过他把这事给谁都没有说，就连三奶奶也都不知道。

憨厚老实，淳朴善良的羊庄人，用自己的金钱和诚心，给了自己一份心灵的慰藉和莫大的希冀。

几天过去了，羊庄的人出门时总会抬头望天，天上依然还是那轮火球般的太阳，低头看地，田里庄稼已日渐干枯。五月的炎阳，晒得河水冒气，晒得树头生烟。羊庄的人心里也像是被太阳给晒着了火。

天不下雨，杨山主比别人心里更着急。日子一多，他心里不由得犯嘀咕：咋着还不下雨？难道是……

又过了几天，杨山主在村头的大路上又碰见了侯占山，还是领着他的仨徒弟到别的村里去祈雨，杨山主请他们到家里坐坐，喝口水，侯占山说："不了，忙得很，以后有机会咱弟兄再款闲（聊天的意思）。"说罢，头也不回地扬长而去了。

收获的季节

入秋了，天气逐渐的就凉了下来，夜一天比一天长了。

鸡叫头遍，杨三老汉的瞌睡早就睡完了。

今儿个，他没有像往常一样闭着眼睛赖在被窝里多暖一阵身子，而是早早地就起来了，站在茅坑里舒舒服服地撒着尿，仰脸望天月，月亮落了，星星没了，看来今日又是个好天气。

杨三老汉撒罢尿的第一件事，是跑到牲口圈里给驴添了草，又添了一些料。看着驴摆动着尾巴吃得欢，他站在一旁对驴说："美美地吃唉！吃饱了咱俩好上路。"一边说，一边怜爱地抚摸着驴的身子，那慈爱温厚的样子，就像是一个父亲亲昵地抚摸着自己爱如瑰宝的亲生儿子。

回到屋里，他生着小小的铁皮炉子，烟熏头燎地熬着喝开了他每天少不了的罐罐茶。那茶水酽酽的发红，像草药汁，可他就着碗炒面，一口茶一口炒面地吃得香，喝得更香，看他那眯缝着眼睛偏着脑袋的舒坦劲儿，谁不相信喝茶吃炒面是世界上最美的享受呢？

等他自己吃好喝够，他估摸着驴也就吃的差不多了。他便牵出驴，端出一盆水让驴喝了，给驴戴上笼头，备上鞍鞴，把屋檐下立的那个沉甸甸地口袋驮在驴背上，匆匆地赶着驴上了路。

天还没有亮，浓浓雾霭笼罩着曲曲弯弯的山路。横亘在眼前的黄土山在烟雾里就好像是一个盖着厚厚的，软软的棉被还在呼呼沉睡的巨人。

杨三老汉赶着驴，沿着像蛇一样盘绕在黄土庞大躯体上的山路，缓缓地往上爬。陡陡的，窄窄的小路，就像一条插在云雾中的天梯。

秋天了，每年到这样的季节黄土山常常是烟雾弥漫，潮气袭人。杨三老汉的腿病每年一到这季节也就准时地犯了，今年觉着似乎比往年要厉害得多。此刻，杨三老汉每走一步，都和他这条负重的老驴一样地吃力，这条通往镇子上的山路，虽只有三十多公里，可在杨三老汉的眼里竟是那样漫长，遥远。

无论如何，得赶在十点以前到镇子上哩，杨三老汉边走边想。

静静的山道一人一驴，一前一后，穿云破雾的蹒跚着，老远就能听清人和驴那呼哧呼哧的喘息声。山，像一位慈爱的母亲养育了一代又一代生活在山里的人们；山，同时也像一堵高大的墙，阻隔了山里人与外面那大千世界的通路，因为这山，生活在山里的人们不知因此而付出了多少艰难和跋涉。

一股山风吹来，杨三老汉觉得腿上的每个关节被凉风一刺，就像刀割般的痛。临走的时候，他一口吞下四个止痛片，但却还是没管用，照样的折磨人，咋闹的，莫非这药片也是假的？杨三老汉不由得心里犯疑，这是他想起了一件事，一件使他难以忘却的事。

今年春种那会儿，他东凑西借地倒腾了八十元，赶着驴跑到镇上买回几百斤化肥，驮来一看，有点像石灰，请来识货的农技员一验，果然是假货。没良心不怕雷殛的"化肥贩子"。把咱百姓当瓜子哄哩，不但坑了他，骗了他的八十元，重要的是把他的一茬子庄稼耽搁了，这么着，他今年一亩少说要比别人家减产三成哩，真是人哄地一时，

153

地哄人一年，这个跟头他栽的重，亏就吃在化肥上，如今什么都时行科学，种地也不例外，这几年他明确地认识到，科学这个东西，的确不是胡整的把戏，灵着呐！要说这几年粮食收成一年比一年好，还不是靠了科学种地的缘故？

听说马家庄的表弟，还有新沟村的姨兄，都吃了同样的亏。没办法，这也是命里该着的孽债，就像他这没法子治的腿病一样。

天麻麻亮了，烟雾依然没有散去。

走到半山腰，杨三老汉明显地意识到，驴的步子一会儿比一会儿迈的小了，两条后腿微微的有些颤抖，渐渐的，出气的声音大得吓人，像患了哮喘似的。杨三老汉叹了口气，自言自语地叨咕，这驴的力气的确不如以前了，要是前些年，驮这么一口袋粮食，小跑就上了山，自己追还追不上哩！可现在这是咋了？不用问，是和自己一样岁数大了的缘故呗。可他总有些不相信，这驴会衰老得这样快？记得分田单干的那一年，这驴还不到一岁，又瘦又矮的像个毛毛虫，分给谁谁不要，他二话没说，退了分给他的一头黄犍牛，牵着这条毛驴娃子回了家，当时，谁把他不当傻瓜看？为此也不知落下老婆子的多少抱怨。和他料想的一样，两年后这驴就出落得又高又大，成了村里的头号牲口，谁见了谁稀罕。牲口贩子得银当时一口给了八百个元，他都没舍得卖。他说什么也舍不下这驴，一个种地的人，如果没有个好牲口，那还跟叫花子有啥区别？旧社会，父亲租了几亩地，没有牲口，父亲和当时只有十岁的他就只得像牲口似的背着套绳在前边拉，弟弟扶着犁慢慢地耕。没有牲口种地的苦头他从小就吃够了，从那时候开始他就梦想养一头好牲口。然而这梦一直到他年近五十才得以实现，所以他轻易咋会因价高而卖驴呢？这些年，是这头驴和他一起，春种秋耕，风里雨里的辛勤劳作，才使他过上了几年有生以来不愁吃、不愁穿的好日子。掐指算来，已整整十个年头了。这十年时间过得真快，像做了一场美梦似的。

杨三老汉紧走两步，伸手往驴的后胯上一摸，汗湿的像洗过一样，他心痛的一声长"吁……"驴就听话地站住了，他急忙从驴背上卸下口袋，用那双满是老茧的大手轻轻地抚摸着驴的脊梁站在路旁歇了。

十年的同甘共苦，使杨三老汉和这头驴有了一种难以诉说的微妙感情，他爱这头驴，也疼这头驴，他甚至有种奇怪的感觉，觉得这驴竟然和自己的老伴儿一样，也是自己生活中不可缺少的东西。

一锅烟后，天已大亮，不敢再耽搁了，杨三老汉把烟荷包塞进兜里，将口袋搭在驴背上，在驴屁股上轻轻一拍，驴迈开四蹄沿着山道继续往前走，他不紧不慢地跟在后面。腿子痛，走起路来实在不利索，因此他一年半载也去不了几回镇上。虽说镇上离村也不算远，可对他来说是一个艰难的历程，今儿个，要不是催账的逼得紧，他也是不准备去镇上的。

俗话说，孝敬父母不怕天，早纳银粮不怕官，分给他的那一百多斤公粮他碾罢场就立马交了，这是咱百姓给国家应尽的义务哩，他乐意交，每年他都是村上最早交公粮的人。记得小时候，家里虽然过着糠一顿菜一顿的日子，可是父亲却从未拖欠过官粮，尽管新中国成立前那公粮数目大得惊人，父亲还是咬着牙给人家往去驮。想过去，比现在，杨三老汉觉得自己给国家的贡献太少了，少的自己想来都觉着脸红。

现在的人，日子过得舒坦，有些人就把粮食不当东西，看到这状况，杨三老汉就想起了种了一辈子粮食，到头来却被活活饿死的父亲。

就是在黄土山这条路上，五十九岁的父亲就昏死在驮粮的途中。

他记得清楚，那是狗年的九月十四，也就是公历的一九八五年。

悠悠岁月，难以抚平心头的创伤，难忘啊！那疯狂的时代！多少年来，每当想起这件事，杨三老汉的心里痛得像刀割。

前面那段叫奈何桥的坡道儿，就是父亲当年倒下的地方。

那是一个烟雾迷茫，秋风飒飒的黄昏，父亲作为大队"红色运粮队"的成员，赶着驮粮的牲口往镇子上运粮，连日来没黑没明地奔波在这条通往镇子上的山路上。浮肿的身子虚弱的厉害，沉重的厉害，双腿像灌了铅似的，每走一步都觉得异常艰辛，可是一辈子刚强的老人仍咬紧牙关挣扎着往前走，往前挪，突然，他觉得天旋地转，眼冒金花，心口发闷发热，双腿一软，一下子就扑倒在奈何桥上，等待人们七手八脚地抬着他回到村里时，他早殁了。

看着亡人那菜色的面容，杨三老汉当时心都碎了。

如今说来，恐怕有的人还难以相信，在那收获的季节，竟能饿死驮运粮食的人？可要知道那时"食堂"里每天只给二两面的饭，就这二两面的食物为了病中的母亲和年幼的弟弟不被饿死，父亲连一半恐怕也没有吃到自己的肚里。那时候他怎么也不理解，难道国家不知道种粮食的老百姓也要吃粮食，逼着每个种田的交万斤粮。能办到吗？那人类理想的天堂能靠砸锅卖铁实现吗？每一个过来人是不会忘记那段历史的，因为饿死在那年的除了父亲，还有……杨三老汉不由想起和父亲一样空着肚子走向另一个世界的人们。

路过奈何桥，杨三老汉发出一声沉重的叹息，两粒清凉的老泪滚出他那干瘪的眼眶，顺着脸颊，沿着胡须流下来，滴入脚下的黄土路。

三十年喽。杨三老汉边走边痛苦地想，自己今年也正好是父亲临难的那个岁数。

上了黄土山，白茫茫的烟雾像水似的沉到了沟底，人走在山顶上，就像架着云行进在半天云里一样，脚底下是翻卷滚动着的皑皑晨雾，头顶上是清凉碧蓝的天空。太阳还没有出来，东边的天空泛着紫红色的光，鲜红得像血，杨三老汉猛然顿悟，太阳是在黑暗的长夜里孕育，在辉煌的血海中诞生。此时此刻，杨三老汉抬头痴迷地望着东方那片耀眼的红晕，心中渐渐地产生了一种旷达的心境，大自然赐给他这片刻的清静幽美，使他忘记了自己生活中的烦恼，他的眼前出现了奇妙的幻觉，他仿佛看见那朝霞里，云雾上站着逝去三十年的父亲，他老人家或许已成神成仙了，在那美丽的天堂中享受着清福，行则驾云乘鹤，住则锦衣玉食，再不为温饱而受苦了。他甚至产生了一个荒唐的念头，如果自己此刻也猛然化作一缕白云，或一抹红霞和这美丽的大自然融为一体，那该是多么的惬意啊！

脚被一块石头绊了一下，差点摔了个跟头，杨三老汉这才猛地从那梦一般缥缈的境界中醒过神来，自己独自骂自己，老了倒成瓜人了，胡思乱想啥哩，人么，还能成神仙？

下山了，杨三老汉和他驮着口袋的驴渐渐地又沉入到海潮似的烟雾里，晨雾蒙蒙，一人一驴，幽灵般在那盘绕的山道上晃晃悠悠地前行。

往下走，杨三老汉觉得更艰辛了，两条腿又硬又痛，像踩着高跷似的难以驾驭，每走一步，膝关节痛的就像用锥子戳了一下。年轻时，当了几年兵，几年的风雪霜雨，炮火硝烟，是他遭下了一身病。回来后，村里有些人还跟他趣笑，说不准是在外面耍的美，把身子给糟蹋了。可谁知道他在外面受的那份罪哟，没把命丢在朝鲜，还算祖宗积下阴德哩！如今每当腰腿痛得厉害的时候，他总这样想：人得知足哩，他有多少战友，都没有活着回来，或是回来也缺胳膊少腿了，可他总算还囫囵着身子回来了。虽说落下一身的病，可这无论如何比那些死去或伤残的战友幸运得多。

突然，驴不知怎么着，两条前腿一软，打了个前跄，差点儿摔倒在山道上，杨三老汉急忙双手扶住口袋，驴借人力随即又站了起来，吹了吹响鼻，摇摆着尾巴继续朝前走。杨三老汉心痛地看着驴前膝和嘴巴上刚刚粘上的泥土，心想，莫非这驴也和自己一样得了关节炎？奇怪得很，他猛然觉得这驴就像自己，自己也像这头驴，脊梁骨上沉沉的，好像是那口袋就驮在自己身上似的。

烟雾散去，太阳已经老高了。这会儿，已经隐隐约约能看见远处镇子上那一栋栋高高的红砖大楼。

小路的尽头，接着大路。走在宽阔的汽车路上，杨三老汉的脚步不由地加快了。驴的四蹄均匀地敲击着沙石路面，发出清脆的嚓嚓声。

轰隆一阵响，杨三老汉回过头，见骑着大红摩托的得贵立马就到了跟前，脊背后头还坐着一位打扮很洋气的女子，双手死命地搂着得贵的腰，脸紧贴在得贵的背上。杨三老汉觉得有些不好意思，急忙转过脸来吆喝了一声驴。

熄了火，得贵扶着摩托问："杨三爷！交粮去？"

杨三老汉转过脸嗨嗨一笑，说："就是哩。"

"三爷，今年的收成可好？"得贵递过一根纸烟笑嘻嘻地问。

"好着呢！好着呢！"杨三老汉搓搓手，有点惶惑地接过烟，说，"得贵，你晓得麦这几天啥价？"

"咋着，三爷这麦是卖的？"

"钱逼得紧，卖一些。"

"啊呀！那你咋着不早卖？"得贵听了一跺脚说，"粮价这几天又跌了，头等麦只能卖三毛。"

杨三老汉听了并不意外，笑眯眯地冲得贵摆摆手，说："你俩走，咱们横竖走不到一搭里，甭再耽搁你的工夫了。"

得贵踏响摩托，说："三爷，那你慢走。"带上那女人一溜烟走了，只留下一股刺鼻的汽油味。

杨三老汉低下头，边走边津津有味地吸了几口得贵给他的那根带海绵把的纸烟，眯缝着眼睛朝前瞅，得贵已不见了影儿。呵！那家伙咋日鬼的，跑起路来比马还快？

杨三老汉想：得贵造化大，从监狱里放出来，正赶上把他舅调来镇上当书记，凭着他舅的面子，也就当了镇建筑公司的会计，不到一年，这就发了，你瞧瞧，电驴子也骑上了，这比一条好驴的价钱还大哩，过去人说，七十二行，庄稼人为王，可如今呀，种地的人怎么扑腾也弄不过这号人。要说这得贵弟兄，可都不是安生人。得贵大哥得银贩了这十多年牲口，赚下的票子不知道有多少？要说富，村里谁也比不了人家。可这种人只认票子不认人，有钱无情哟！杨三老汉闭上一只眼睛也瞧不起这种人。

一辆拖拉机吼叫着从身旁驰过，杨三老汉抬头一看，拉了满满一车斗袋子，看来也是交粮的。杨三老汉想：摊在他身上的土地承包费、村干部的工资、电工工资、集资办学等杂七杂八的款子共一百二十八元五角，就按得贵刚才说的头等麦价算，得卖四百多斤麦才能够那笔款。这就是说他至少还的驮三四回粮哩，唉！要是咱村里也能通车，花钱叫拖拉机往来接，那该多容易呀！杨三老汉抬头羡慕地瞅着前边那突突远去的拖拉机不由地叹口气。

早上十点多，杨三老汉终于赶到了镇上。

粮库还没有开始收粮，可交粮的人和车已经自动排成了十几丈长的队，从粮库院子里那个仓库前一直排到大门外边。

杨三老汉从驴背上卸下口袋，拴好驴，然后就抱着口袋站在了长长的队伍末尾。

大约又等了半个钟头，粮库终于开始收粮了。

前面交完一个人，队伍就稍稍往前挪了一步。

又是好半天不见队伍挪动，杨三老汉扶着口袋往前瞅，见前边那个开手扶的站在验粮员旁小声地说着什么，验粮员铁着脸直摇头，不搭话。小伙子没办法，从怀里掏出几张钞票，塞进验粮员手里，验粮员这才瞟一眼那机灵的小伙子，旁若无人地将小伙子塞进他手里的东西慢慢地装进衣兜，冲小伙子摆摆手说："过秤。"小伙子一听，立即喜笑颜开地往大秤上抱开了袋子。

看到这个情景，杨三老汉心里有一种说不出的惆怅。

"老哥，借个火。"站在杨三老汉前面的一个络腮胡子的人转过身来说。

两人便都装了一袋烟，吸着烟。那络腮胡子问："老哥，你也是交公粮的？"

杨三老汉说："我的公粮前些天就交清了，这回是卖些议价的。"

"卖的？哎，那还用得费这大周折，黑市上成交多容易？"络腮胡子明显得有点惊奇。

"咱愣头闷脑的，黑市上那些粮食贩子，说实话我怕日鬼咱哩。"想起春天那八十元的化肥，杨三老汉仍然心有余悸。

络腮胡子听了，不以为然地嗨嗨冷笑了几声，过了一会儿，又说："老哥，要说卖，这么个价钱，实在是划不来。"

"钱逼得紧啊！"杨三老汉两手一摊，无可奈何地说，"土地承包费，还有干部工资，集资办学……啊唷，乱七八糟的摊派款赶十天交不上，就要受罚哩，一个元翻成两个元，谁受得了？咱庄稼人土里扒不出票子，不卖粮，拿啥给人家交？"

络腮胡子喷着烟圈儿，仰头望着蓝天上那肆意飘荡的几片乌云，听着杨三老汉说完，有些激动地伸出那双满是老茧的大手握住杨三老汉的手说："嗳，老哥，咱俩可真是泉里的蛤蟆跳到了井里，一会儿比一会儿陷的深了。我也是欠了一屁股的债，没办法，把牛卖了。如今这种地不容易，到处还都是伸手要钱的可偏偏咱百姓的东西不值钱，一斤麦还不值两匣火柴。"

杨三老汉深有感触地点点头，狠狠地吸烟，脸上那七扭八歪的皱纹显得更多了，更稠了，两人说话投机，但并没有再往下说，似乎觉得语言是多余的。

仲秋的正午，太阳虽没有夏天那般酷热，但长时间的晒在人身上，也使人闷热难耐。站的时间一多，杨三老汉的腰腿痛得更加厉害，他挨着口袋站一阵儿，又弓着身子蹲一阵儿，脸上的汗水沿着下巴上那几根稀疏的胡子往下滴，干裂的双唇慢慢地起了层黑红色的血痂。杨三老汉真怕自己有些坚持不住。旁边的络腮胡子发现他的脸色不是很好，便问："老哥，你……你这是咋了啊？有病？"杨三老汉说："腿子有些痛，不要紧的，老病了。"络腮胡子又说："那你就在旁边歇着，我替你挪口袋。"杨三老汉感激地笑笑说："不用，我能成。"

期待中的时间是那样的漫长，排队等着交粮的人不由地打起了呵欠，摇晃着疲软的身子，挨着口袋，扶着车架坚持着，忍耐着，等待着。并没有一个人对此而口吐怨言，默默地忍受着饥渴和困倦的煎熬。

好不容易挨到下午两点多，杨三老汉终于一寸一寸地挪到了验粮员跟前，前边的络腮胡子过完秤，办完手续就背起口袋进了仓。轮到他了，他战战兢兢地解开口袋，验粮员低下头朝着口袋里的粮食瞅了一眼，又伸手抓起一把，放在手里搓了搓，拾起一粒扔进嘴里，咔嚓一咬，碎了，随即就吐掉，抬起头把手里的麦扔进口袋，说："行，把公粮折子拿来填吧。"杨三老汉急忙说："同志，我的公粮前些天早交清了，这麦是卖的。"验粮员一听，板起面孔说："东大仓和北大仓

161

都满了，现在只有西仓，从今天开始只收公粮，不收购议价麦了，快拿走吧。"杨三老汉一听这话，差点晕倒，汗水顺着脸颊直往下淌，他顿了顿，结结巴巴地赔着笑请求："同志，您看就只有这一点，我大老远哩，好不容易才驮来，就请您给收下吧！"旁边几个交完粮的人都替杨三老汉说着话："老汉老远地驮来，又等了这么长时间，就给收下吧！横竖就只有这百十斤来嘛！"验粮员仍然扬着头，脸板得像块铁，一副公事公办好不通融的样子，噘着下巴很不耐烦地说："你这老汉纠缠啥哩，这是上面领导决定的，我也没办法，你快拿走，后边的人还等着哩，别再拖磨时间了。"杨三老汉看着旁边几个人，觉得没有了希望，只得抱起口袋一瘸一拐地往外走，此刻，他就像受了人的侮辱似的，心里觉得憋闷委屈的简直想笑。

走出粮仓的大门，杨三老汉连歇也没歇，把口袋搭到驴背上，赶着驴，毫不犹豫地就往回走，不知道哪来的倔劲儿，他咬咬牙暗自在心里说："你不买，我还不卖呢，让我老汉往你手里送钞票没门。不信庄稼人就那么没出息，有了猪头，还怕找不到庙门？"

太阳西下，倦鸟归巢时，杨三老汉吆着驴，驴背上驮着那个沉甸甸的口袋，一瘸一拐地从黄土山上走下来，人和驴显得一样的疲惫。

第二天，杨三老汉没有从炕上爬起来，腰腿疼得下不了地，只得在炕上躺着，可他却从不呻吟一声，咬牙忍耐着病痛无情的折磨。尽管这样，老伴儿还是打发人请来了医生……

十多天过去了，杨三老汉还是因为没有限期交上那一百二十八元五角的款子而受了罚。罚虽则已经罚了，但总归还得交，只是这款的数目因此而又翻了一番。

一月以后，杨三老汉在医生的精心调治下，又能下地走动了。只是药钱没法付，那医生很好，说不急，不急，啥时候有啥时候给，万一没钱就算了。虽然人家那么说，可杨三老汉能不急吗？为此他一筹莫展。整天蹲在驴槽旁晒太阳，一遍贪婪地看着驴吃草，一边闷闷地抽烟。

这天，杨三老汉坐在炕上双手捧着旱烟锅，眨吧着红红的眼睛，瞅着在锅灶旁忙活的老伴儿，心事重重地说："唉！咱这驴老了，不中用了。"老伴听了，抬头望一眼老汉，没言语。半晌他又说："前几天，得贵叫人把他家那头老牛杀了，我看咱们也把这驴杀了吃肉。"老伴儿一听，哭了，抽抽咽咽地说："那可千万使不得，这驴给咱家辛劳了这么些年，老了，咱就养着吧！"杨三老汉一听，眼圈红了一下，吸了几口烟后摇头说："屁话，难道说把它还给养老送终？真是女人见识。"老伴揉着眼睛，哽咽着说："杀了，那肉谁还能吃的下去？"杨三老汉一听嗨嗨冷笑两声，眼眶里也有了水分，又拼命地吸了几口烟，说："这么说，那就只得卖了。"老伴一听用袖子揩揩脸上的泪，说："只要有人肯买，你就别在价钱上纠缠了，这驴，对得住咱家得很。"杨三老汉一听老伴终于也同意卖驴了，竟像泥人似的木然坐在炕上发痴。

第二天，杨三老汉给驴端来一升豌豆倒进槽里，坐在旁边看着驴吃完，就从圈里牵出来，用手抚了抚驴身上的毛，这才一步三摇地牵着驴走出院子。

杨三老汉牵着驴来到牲口贩子得银家，说明卖驴的事，得银一听为难地说："三爷，你这头驴要说早上几年，能卖个好价钱，可现在不行了，牛老一张皮，驴老一堆骨，值不了几个钱。"杨三老汉说："听着娃说的，我还能跟你在价钱上纠缠？横竖我去不了镇上，你想法把它贵贱卖了就行。"得银犹豫了一会儿说："这么说，就把驴给我留下。"

闲话了一阵子，杨三老汉起身要走，得银给他一叠票子，杨三老汉接过钱，数也没数，双手颤抖着塞进怀里，失魂落魄地走出得银家。

去村长家交清那笔款子和那笔款子数目相等的罚金。杨三老汉这才数数票子，还有五十几元哩，正好够医生的药钱，于是他又蹒跚着朝村头医生家走去。

从医生家出来，已经是夜色朦胧了。

杨三老汉屋里坐在村头那棵高大的老榆树下，久久地凝望着庄稼收割过后那一片片白茫茫的天地而出神，清冷若水的月光像一层厚厚的霜撒在他的身上，撒在那广阔寂寥的黄土地上，一阵清凉的秋风吹过，落叶像雪片似的从树上往下飘落，杨三老汉望着眼前这秋景，这山色，梦呓般的嘀咕：明年，或许还有个好收成。

夜深了，杨三老汉跌跌撞撞地回到家里，见屋里还亮着灯，推开门，老伴儿还没有睡，坐在灯前补衣裳。看他进来问："你这是哪去了，咋着才回来？"说话间，眉眼间带着几分喜色。杨三老汉没心思跟她唠叨，瞪一眼老伴儿，准备拖鞋上炕，老伴儿又笑嘻嘻地说："去，给咱家那驴再添一些草。"杨三老汉以为老伴儿夜深了犯糊涂，颠三倒四的说梦话，就气呼呼地吼道："还驴，驴不是卖了嘛！"老伴儿听了一笑说："这驴你卖给得银，可没等你回来，它倒先回来了。"杨三老汉一听，抬起头问："咋着，来了？那感情是得银没拴好，挣脱跑回来的。"老伴说："不是，是得银亲自牵来的。""啊！"杨三老汉觉得有些蹊跷，问："咋着，得银他又不买了？"老伴儿笑着说："得银说这驴虽说年岁有些大了，卖不上几个钱了，可只要操心喂好，还能凑合着使几年哩！那三百元，得银说就当孝敬了三爷。"杨三老汉一听，痴呆呆地站在地下发愣，他真有些不相信自己的耳朵，得银那人，能白白地送他三百元？他甚至以为自己在做梦，因此他狠狠地在大腿上掐了一把，痛得他差点叫出来声，随后他转身出了屋，跟跟跄跄地跑到驴圈里一看，驴果然和往常一样站在槽前嘎嘣嘎嘣地嚼草。杨三老汉像见到了久别重逢的亲人似的，一下子扑到驴跟前，亲昵地抚摸着驴的脊梁，喃喃地说："得银啊得银……"渐渐的，几滴老泪竟热乎乎地溢出了眼眶。

第二天一早，杨三老汉跑到村头那个破庙里很虔诚地跪着烧了一炷香，为得银，也为了那头驴子。

后　记

　　接到阳光出版社要给我们这些草根作者免费出书的通知，我感觉颇为意外，因为这对我来说简直是天上掉馅儿饼的大好事，一生命运多舛的我，当时还真的难以相信。因此，人生五味骤然涌上心头，从懵懂少年到如今已然华发苍颜，是文学支撑着我的精神世界，才让我的生命找到了支点，有了一份梦想，也有了一份追求，奋斗的艰辛与成功的快乐丰满了我的人生。桎梏病榻，与世隔绝，以书为伴的漫长岁月里，我将自己对人生的感悟一字一句地写进文字里，毕竟独学无师友，孤陋而寡闻，我写出的作品很难突破自己所期望的高度，更难以满足编辑老师和读者对我的厚望。这点让我很愧疚。也是因为伤痛的缘故，力不从心，写作不得不几经中断。然而心里始终放不下文学阅读与写作。这本书里共精选了我自一九八七年以来在报纸杂志上发表过的十一部中短篇小说。

　　对于自己的写作，我不想多说，因为我把自己想要告诉大家的都已经在作品中阐述了。我不是一个擅长讲故事的人，因此我所谓的小说基本上都是农村改革开放、分田到户以后农村所发生的一些具有普遍性和真实性的事。我不是故事的创作者，我只是一个故事的记录者。

　　我是一介村夫，一辈子生活在农村，未曾走出过大山，自然我笔下的故事都是写自己周遭那些凡夫俗子、平民百姓的喜怒哀乐、悲欢离合的小事，所以书名就叫《村事》吧！

在此，感谢阳光出版社对我们这些草根作者的关爱和眷顾，让我们的梦想得以变成现实！